방황도 힘이 된다

방황도 힘이 된다

지각인생이 보낸
서른 개의 질문, 서른 개의 대답

이상복 지음

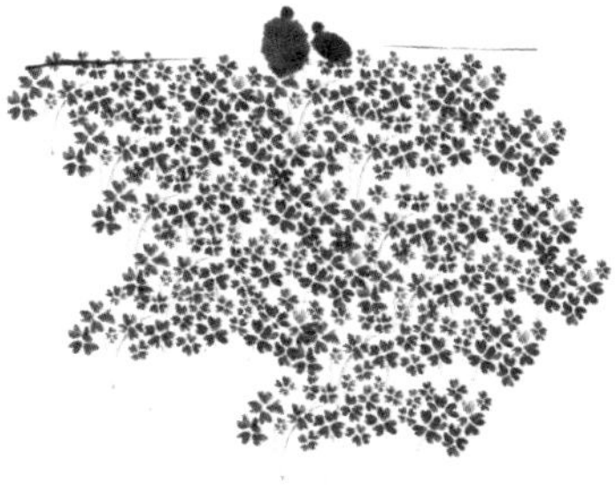

문학동네

프롤로그

선생이 된 지도 어느덧 8년이 되었습니다. 선생이 된 후 첫 학기에 저는 수업 시작 전에 삶에 관한 '좋은 글귀'를 준비해서 읽어주기로 했습니다. 이에 덧붙여 인생 선배로서 살아온 제 경험이나 남에게 들은 얘기, 또 세상이야기도 들려주고 말입니다. 그러고 나서 수업을 시작했습니다. 인생살이에 대한 갈등으로 힘들어했고, 오랜 기간 방황하던 제 경험을 통해 학생들과 소통하면 학습 효과가 있지 않을까 하는 생각 때문이었습니다.

학생들은 수업 내용보다는 정작 수업 시작 전에 들려주는 인생에 관한 이야기를 더 좋아했습니다. 제가 젊은 시절 고민하고 방황했던 것 이상으로 요즘 학생들도 인생살이에 대해 갈등하고 방황하고 있었습니다.

두번째 학기부터는 개강하는 날 칠판에 아예 제 이메일 주소와 휴대전화 번호를 적어주었습니다. 아무 때나 연락해도 좋다는 말을 덧붙였습니다. 제 마음의 문은 열려 있으니 여러분은 제 마음속으로 들어와보면 된다고 말했습니다. 기다리고 있겠다고 말입니다.

시간이 흐르면서 학생들이 보내오는 이메일이 늘어나기 시작했습니다. 문자 메시지를 보내오는 학생도, 직접 전화를 걸어오는 학생도 있었습니다. 메일을 보내는 시간대를 보면 거의 모두가 한밤중입니다. 어떤 학생은 새벽에 보내기도 했습니다. 아마 늦은 시간까지 고민을 했거나 제게 메일을 보낼까 말까 주저한 것 같다는 생각이 들었습니다.

이메일이든 휴대전화든 연락을 받으면 저는 점심식사를 함께하기로 날짜를 정했습니다. 식사를 하면서 이야기 나누는 것이 사람 사이의 거리를 좀더 좁힐 수 있다고 생각했습니다. 이러한 과정을 거치면서 학생들의 생각을 읽고, 듣고, 느낄 수 있었습니다. 답답한 일이 참 많았습니다. 하지만 제가 인생에 대한 정답을 가르쳐줄 수는 없었습니다. 또 어려운 문제를 해결해줄 수도 없습니다. 인생에는 정답도 해법도 없기 때문입니다.

학생들의 모습에서 제 모습을 보았습니다. 갈등과 방황으로 흘려보냈던 제 젊은 날의 초상을 말입니다. 자신 없는 모습, 의지 약한 모습, 주저하는 모습, 아무것도 아닌데 상처받고 괴로워하는 모습, 별것 아닌 일에 걱정하고 안달하던 제 모습을 본 것입니다.

저는 시간을 거슬러 젊은 시절로 돌아갔습니다. 학생들과 제가 다른 것은 아무것도 없었습니다. 오히려 젊은 날 제가 더 형편없이 살았던 것이 아닌가 하는 생각이 들기도 했습니다.

현재 쉰 살이 막 넘은 저와 학생들을 보더라도 나이 차이는 별 의미가 없습니다. 불안해하고 초조해하는 것은 똑같으니까요. 다만 다른 것이 있다면 체념하거나 수긍하는 속도는 제가 빠르다는 것입니다. 또 나이를 좀더 먹은 제가 인생 선배로서 학생들에게 이런저런 말을 해줄 수는 있다는 것입니다.

저와 마찬가지로 학생들 역시 삶의 중압감을 느끼며 살아갑니다. 그건 나이가 많거나 적거나, 사회적 지위가 높거나 낮거나 마찬가지입니다. 누구나 사는 동안 '삶의 가치는 무엇이고, 인간의 삶은 어디를 향해 가는 것인가?' 하는 질문을 하게 됩니다.

이 글은 인생살이의 여러 문제에 대해 학생들과 나누었거나 그들에게 제가 들려주었던 이야기입니다. 제 어린 시절은 갈등과 방황으로 점철된 시간이었습니다. 아니, 서른 살이 넘어서도 방황은 계속되었습니다. 쉰이 넘은 지금도 갈등하고 고민하며 방황할 때가 있습니다.

저는 지극히 평범하고 나약한 사람입니다. 사람들은 제가 교수라고 하니 언뜻 평범하지도, 나약하지도 않다고 생각합니다. 그렇지 않습니다. 저도 다른 이들과 똑같은 사람일 뿐입니다. 오히려 저는 젊은 학생들에게 많은 것을 배웠습니다. 순수함, 쾌활함, 책임의식, 나눔과 배려 같은 미덕을 말입니다. 그러면서 지금의 제 삶을 들여다보게 되었습니다. '나는 지금 어떻게 살아가고 있는가?'

이 글을 쓰라는 권유를 받고 처음엔 고민이 많았습니다. 초고를 써놓고도 고민은 계속되었습니다. 사실 저는 이런 글에 비판적이고 부정적이었습니다. 글이랍시고 써봐야 그들의 삶의 문제가 해결되는 것은 아니니까요. 하지만 핑계를 대기로 했습니다. 학생들의 권유를 받아들이기로 한 것입니다. 사회모순으로 인한 문제는 제 글로 해결할 수 없지만, 지금까지 살아오면서 제가 고민했던 삶의 이야기를 통해 인생은 갈등하고 방황하면서 만들어나가는 것이라는 사실을 젊은이들에게 말해주고 싶었습니다. 그 자체가 그냥 인생이라는 것을 말입니다.

2013년 겨울

이상복

차 례 C O N T E N T S

제3장 꿈과 성공, 자기신뢰에 대하여

제4장 노력과 행복, 삶의 목표에 대하여

제1장

가족, 속 깊은 상처에 대하여

lateness life

아버지와 남처럼 살고 있습니다

"마지막 강의시간, 교수님께서 틀어주신 영상 '아버지는 누구인가'를 보면서 저와 친구들은 눈물을 흘렸습니다. 교수님도 창밖을 바라보면서 눈물을 흘리시더군요. 영상이 음악과 함께 끝난 후 교수님은 조용히 아버지 이야기를 들려주셨습니다. 교수님, 저 밥 한 끼 사주실 수 있으신지요? 왠지 교수님께 저와 아버지 사이의 갈등을 말씀드리고 싶습니다. 그래야 마음의 답답함과 울적함을 털어버리고 제 상처가 치유될 것 같습니다."

A의 아버지는 공무원이었습니다. 9급 공무원부터 시작해서 꽤 높은 자리까지 올라갔다고 합니다. 그런데 A가 고등학생 때 아버지는 우연찮은 일로 공직의 옷을 벗었습니다. 아버지는 A에게 행정고시에 합격해 고위 공직자가 되라는 말을 자주 했습니다. 아마

도 자신이 못다 이룬 꿈을 아들인 A를 통해서 이루고 싶었던 모양입니다.

하지만 A는 아버지의 바람과는 정반대의 삶을 살고 싶었습니다. 정형화된 조직이 아니라 연극을 하며 자유롭게 사는 것이 A가 원하는 길이었습니다. 그러다보니 A와 아버지는 충돌이 잦았습니다. 대학생이 된 A는 연극을 한답시고 집에 늦게 들어가기 일쑤였고, 급기야 아버지는 A에게 손찌검까지 하기에 이르렀습니다. 부자간의 갈등을 보면서 힘들어하기는 어머니도 마찬가지였습니다. 두 분이 다투는 일이 잦아졌고, 그럴수록 어머니는 A에게 아버지의 뜻에 따를 것을 애원했습니다. 결혼해서 따로 사는 형도 A에게 아버지의 소원대로 하라고 말했습니다.

A는 아버지와 갈등이 심해 한집에서 살 수 없다고 생각하고는 가출한 후, 아르바이트를 하고 또 부족한 돈은 어머니에게 받아 쓰면서 혼자 생활했습니다. 그러던 중 어머니가 화병으로 세상을 떠나게 되었습니다.

자책하며 괴로워하던 A는 다시 집으로 돌아왔고, 군 입대를 결심했습니다. 군 생활을 하면서 자신의 허랑방탕했던 생활을 후회했지만 아버지와의 관계는 악화될 대로 악화되어 있었습니다. 한집에 살지만 남이나 마찬가지였습니다.

점심을 함께 먹은 후 저와 헤어지며 A는 가끔 울고 싶거나 몸이 힘들 때 연락하겠다고 말했습니다. 그리고 기분이 좋거나 행복한 일이 있을 때도 찾아오겠다고 했습니다.

가난하고 못 배운 아버지가 제 아버지가 아니길 바랐습니다

서로 말 한마디 하지 않으며 남처럼 살고 있는, 이런 악연은 없을 거라며 서로를 향해 비난을 퍼붓는 부자간이 얼마나 많겠습니까?

저와 아버지의 관계도 좋지 못했습니다. 저는 아버지를 깔보고 인정하려 들지 않았습니다. 아버지에 대한 미움과 창피함은 초등학교 고학년 때부터 시작되었습니다. 초등학교 6학년, 신문배달을 할 때의 일입니다. 제 구역을 중학교 1학년 형에게 인계하고 있었습니다. 저와 그 형은 노원구 월계동의 성북역 근처를 다 돌고 난 후 인덕대학교(당시는 인덕실업고등학교) 쪽을 향해 걸어가고 있었습니다. 지금은 아파트 단지들이 들어서 있지만 당시 그곳에는 아무것도 없었습니다. 비포장도로로 가끔 삼륜차들만 먼지를 날리며 달리는 거리를 한참 걸어가야 주택이 나타났습니다.

구역을 인계 받는 형과 신문을 나누어 든 채 걷던 제 눈에 멀리서 리어카를 끌고 오는 사람이 눈에 들어왔습니다. 아버지였습니다. 저는 걱정이 앞섰습니다. 아버지가 리어카를 끄는 채소 행상이라는 것이 창피했던 것입니다.

길가에 다른 건물이나 주택이 있었더라면 뛰어들어가 숨을 수도 있었을 텐데, 주변에는 쥐새끼 한 마리 숨을 구멍도 없었습니다. 손으로 태양을 가리는 격이었지만 저는 모르는 척하고 지나가기로 마음먹었습니다. 혹시 아버지가 못 보고 지나칠 수도 있을 거라는 희망으로 말입니다. 아버지는 점점 다가왔습니다. 저는 고개를 푹 숙이고 저와 엇갈려 지나가는 아버지를 전혀 모르는 사람

취급하며 그 형과 시시덕거렸습니다. 리어카를 끌고 오는 아버지가 저를 쳐다보든 말든 제 눈길은 땅바닥을 향한 채였습니다. 아버지가 옆으로 스쳐 지나갔습니다. 저는 아버지가 저를 알아보지 못했기를 간절히 바랐습니다. 뒤도 돌아보지 않았습니다. 혹시 눈길이라도 마주칠까봐 두려웠습니다.

제 마음은 울적했습니다. 제 자신이 너무 싫었습니다. 아버지도 싫고 미웠습니다. 그날 일을 마치고 집으로 돌아오면서도 마음 한구석이 너무나 무거웠습니다. 저녁 8시가 넘어서야 아버지는 장사를 마치고 집으로 돌아왔습니다. 저는 아버지의 웃옷과 돈주머니를 받아들고 방으로 들어왔습니다. 예전에는 이 순간을 이용해 돈주머니에서 돈을 슬쩍 꺼낸 적도 있었습니다. 물론 제가 돈벌이를 하고부터는 그러지 않았지만 말입니다. 아버지는 땀 흘린 몸을 씻은 후 방으로 들어왔습니다.

어머니가 차린 저녁상을 받고 아버지는 식사를 시작했습니다. 저는 아무 일도 없었던 것처럼 딴짓을 하고 있었습니다.

"상복아, 오늘 성북역 근처에서 신문을 돌리더라. 어떤 중학생하고 둘이 가던데, 왜 나를 못 본 척했니? 아비가 리어카를 끌고 장사 다니는 것이 창피한 게로구나."

어린 제 가슴은 콩콩 뛰었습니다. 아버지는 제 마음을 정확히 짚어냈습니다.

"아니에요. 제가 그렇게 멀리까지 신문 돌리는 것을 알면 혼내실까봐 일부러 모른 척한 거예요."

저는 거짓말로 난처한 상황을 얼버무렸습니다. 옆에서 어머니도 거들었습니다. 제가 일부러 아버지를 모른 척할 정도로 나쁜 아이는 아니라고 말입니다. 아버지는 제 거짓말에 속아넘어갔습니다. 이러한 제 행동이 마음에 걸렸습니다. '난 참 나쁜 놈이야, 왜 그런 짓을 했을까?' 이것이 제가 아버지를 멀리하기 시작한 첫번째 사건입니다.

제가 중학교에 들어갔을 때 아버지는 교복 입은 제 모습을 보고 흐뭇해하셨습니다. 배우지 못해 글자도 모르는 아버지는 제가 무척 대견했던 것입니다. 그러나 저는 아버지를 모르는 척하고, 멀리하고, 아버지로부터 도망치기 시작했습니다. 고등학교에 진학할 무렵엔 아버지와 무척이나 많이 싸웠습니다. 친척 형들 중에서 고등학교에 진학한 사람이 없었기 때문에 아버지가 제 진학을 반대한 것이지요.

그러나 막상 제가 고등학교에 들어가자 아버지는 감격하고 흥분했습니다. 그리고 아버지가 살아온 과거를 이야기해주셨습니다. 네 살 때 할아버지를 잃고 할머니가 재혼한 후 자신은 남의 집 머슴살이를 시작했다는 이야기였습니다. 아버지는 자신이 살아온 길을 이제 갓 고등학생이 된 제가 이해하리라고 생각했던 것 같습니다. 하지만 저는 아버지의 과거가 너무나 창피했습니다. 아버지가 더 싫어지기 시작했습니다. 안 그래도 가난이 창피한 제게 '머슴의 아들'이라는 굴레까지 생겨버린 것입니다.

게다가 제 스스로 돈을 벌어 학교에 다니다보니 그야말로 위세가 등등했습니다. 아버지를 무시하고, 나무라고 책망하는 듯한 투로 말을 했습니다. 아버지가 무슨 말을 해도 들은 척도 하지 않았습니다. 아예 대꾸를 안 하는 경우도 늘어갔습니다.

고등학교를 졸업하고 대학교에 가서는 더 심해졌습니다. 가난하고 못 배운 아버지는 제 아버지가 아니었습니다. 아버지를 무능하다고 생각했습니다. 아버지는 그저 제가 세상에 태어나 가장 먼저 알게 된 사람일 뿐이었습니다. 초등학교부터 대학교에 다닐 때까지 등록금을 제 힘으로 마련한 것이 무슨 대단한 벼슬인 양 아버지를 인정하지 않는 놈이 되어갔고, '나는 아버지처럼 살지 않겠다'고 시건방을 떨면서 몸부림을 쳤습니다.

아버지를 기록하기 시작했습니다

나이를 먹고 어른이 된 후에야 아버지를 이해할 수 있었습니다. 제가 어린 시절을 보냈던 그 시기는 이 땅의 많은 아버지들이 서럽고 어렵게 살아가던 시절이었음을 알게 된 것입니다. 그들은 열심히 일했지만, 다들 힘겹게 살았습니다.

서울로 이사를 와서 아버지는 막노동판을 전전했습니다. 안 해본 일이 없었습니다. 그러다가 정착한 것이 리어카를 끌고 이 동네 저 동네 돌아다니면서 채소를 파는 행상이었습니다. 아버지는 새벽 4시 전에 일어나 라면을 먹고 경동시장으로 채소를 떼러 나갔고, 저녁 8시가 넘어서야 집으로 돌아왔습니다. 이른 새벽부터 땅거미가 진 후까지 등허리가 휘도록 일만 하던 분이였습니다. 아버지가 천성이 나태해서 가난을 벗어나지 못한 것이 아니라는 사실을 저는 어른이 되면서 알게 되었습니다. 몸이 부서지도록 성실히 일해도 가난할 수 있다는 것을요.

제가 좀더 똑똑하고 사려 깊은 아이였다면 아버지를 외면하지 않았을 것입니다. 오히려 아버지 품으로 달려가 손을 잡고 반가워했어야 마땅했습니다. 그러나 저는 아버지처럼 초라한 인생을 살지 않겠다며 시건방을 떨었습니다. 그저 양복을 입고 넥타이를 맨 채 머리에 기름을 발라 넘긴 다른 아이들의 아버지가 부러웠고 그렇지 못한 제 아버지는 인정하고 싶지 않았습니다.

나이를 먹고야 그 시절의 아버지가 몸이 으스러지도록 최선을 다하면서 살았음을 알았습니다. 가난하고 배우지 못했지만 가족을 위해 주인집 여자에게 굽실거렸다는 사실도 알게 되었습니다. 아마도 자식에게 잘해주지 못해 가슴 아파하면서 아버지는 그 시절 피눈물을 삼켰을지도 모릅니다. 제 자식을 갖고 나서야 비로소 저는 아버지란 무엇인지 조금이나마 알게 되었습니다.

2008년 봄 병원에 입원한 아버지가 삶이 얼마 남지 않았다는 진단을 받았습니다. 그때부터 저는 아버지와 대화를 시작했습니다. 아버지가 살아온 역사를 묻고 그것을 기록했습니다. 이제 곧 삶을 정리할 한 노인의 역사를 말입니다. 아버지의 얼굴이 환해졌습니다. 아버지의 아픔을 들어주는 것이 치유가 될 줄 몰랐습니다. 아버지와 소통하기 위해서라기보다는 살날이 얼마 남지 않은 한 인간의 삶을 들여다보고 싶었습니다.

지금도 술 한잔을 하고 집에 돌아갈 때면 '떨이'라고 외치는 길거리 행상을 보게 됩니다. 옛날 아버지 생각이 납니다. 그래서 그

이제 팔십 노인이 된 아버지의 역사를 묻고 메모를 합니다

아버지의 아픔을 들어주는 것이 치유입니다

떨이를 몽땅 사가지고 집에 들어가곤 합니다. 어머니는 쓸데없는 돈을 썼다고 나무라시지만, 아직도 산소발생기로 생을 연명하시는 아버지는 은근히 좋아하십니다. 제가 아버지 생각이 나서 호의 좀 베풀었다고 하면 말입니다.

아버지를 좀더 이해하고 살라는 말이 아닙니다. 그냥 아버지도 나처럼 결점도 많고, 불평과 불만도 있고, 화도 낼 줄 아는 사람입니다. 가난하고 싶어 가난했던 것이 아니고, 못 배우고 싶어 못 배운 것도 아닌 그저 아버지도 힘들고 외로운 사람입니다.

lateness life

의붓아버지 때문에 고생한 어머니가 불쌍해요

"교수님, 제 어머니가 의붓아버지와 혼인신고 하고 산 지가 7년이 되었습니다. 의붓아버지는 성격이 만만치 않아요. 의붓아버지가 돌아가실 때가 되니 재산을 물려주기 싫어서 어머니와 저를 막 쫓아내려 하고 친딸이 아니라며 제 이름도 호적에서 파내려고 합니다. 이럴 때는 어떻게 해야 하나요? 욕심인지는 모르지만 어머니가 고생하신 그 세월을 보상 받고 싶습니다. 어머니가 바보처럼 당하기만 하는 것 같아 화가 납니다. 교수님, 저 좀 도와주세요."

K의 아버지는 K가 초등학교 1학년 때 간암으로 세상을 떠났습니다. 아버지가 세상을 떠나기 전 K네 집은 식당을 했습니다. 외동딸인 K는 부모의 사랑을 듬뿍 받으면서 자랐습니다. 하지만 아버지가 돌아가시자 식당 운영이 어려워졌습니다. 어머니는 식당을

그만두고 보험설계사 일을 시작했고, 수당으로 생활고를 해결해나갔습니다.

아버지가 세상을 떠난 후 가장 힘들었던 것은 아버지 없는 아이라는 것 그 자체였습니다. 아버지와 같이 놀러가는 아이들, 아버지를 보며 다정하게 웃는 아이들을 보면 그렇게 부러울 수가 없었습니다.

어렵게 중학교를 마친 K는 고등학교에 들어갔습니다. 어머니는 악착같이 돈을 모아 다시 식당을 열었고, 그런대로 장사는 잘 되었다고 합니다. 고등학교 2학년 때 식당의 단골이던 나이 많은 손님과 어머니는 재혼을 했습니다. 의붓아버지에게는 K보다 손위인 자식들이 있었습니다. 그들은 모두 결혼을 했고, 그녀는 어머니와 의붓아버지와 함께 그 나름대로 행복하게 살았습니다. 생활이 안정되어가면서 K는 열심히 노력해서 대학에 진학했습니다. 그러나 시간이 흐르면서 의붓아버지는 종종 어머니를 폭행했습니다. 순종적인 성격의 어머니는 혼자 사는 것보다 남편이 있는 게 낫다고 생각했고 의붓아버지의 성격에 자신을 맞추면서 살았습니다. 생활력이 강하고 성실한 어머니의 노력으로 재산도 늘었고, 식당에 종업원까지 두고 장사를 했을 정도로 경제적으로도 안정되어갔습니다.

어머니가 재혼하고 7년 후부터 의붓아버지는 건강이 좋지 않아 자주 병원에 입원했습니다. 건강이 나빠지다보니 의붓아버지의 생각이 바뀌기 시작했습니다. 어머니에게 재산을 주기 싫어서인지 어머니를 집에서 쫓아내려 하고, K도 호적에서 지우려고 했습니다. 그의 친자식들이 K와 어머니를 찾아와 식당을 내놓고 집을 나가라고도 했습니다.

K는 제 앞에서 울기 시작했습니다. 무슨 죄가 그리 많아 어머니가 이런 고생을 하느냐면서 말입니다. 저는 K를 달래지 않았습니다. 속상하면 실컷 울어야 조금이라도 응어리가 풀리기 때문입니다.

저도 유식하고 세련된 어머니를 갖고 싶었습니다

이 땅의 어머니들은 고생을 한 분이 많습니다. 집안이 가난해서, 배우지 못해서, 무능력한 남편 만나서 말입니다. 얼마나 서럽고 힘들었을까요. 속 썩이는 자식 때문에 속상한 어머니도 많습니다. 행여 자식이 힘들어하거나 몸이 아프기라도 하면 또 얼마나 많은 눈물을 흘리며 마음 아파하셨을까요.

제 어머니는 스물두 살에 머슴살이 하던 아버지와 결혼했습니다. 당시에는 같은 마을이나 이웃 마을 사람끼리 결혼하는 일이 많았답니다. 그런데 어머니는 멀리 전라도에서 충청도로 시집을 왔습니다. 결혼하기 전에 아버지의 얼굴도 보지 못했습니다. 혼례 치르던 날도 친정에서는 아무도 오지 못했습니다.

아버지가 머슴살이 할 때 어머니는 저를 임신했습니다. 제가 태어나고 나서야 부모님은 살 집을 마련했답니다. 제 밑으로 딸 둘, 아들 하나를 더 낳았습니다. 그런데 큰딸이 일곱 살 때 폐렴으로 죽었습니다. 작은딸도 다섯 살 때 큰딸과 같은 병으로 죽었습니다. 다 그놈의 돈이 원수였습니다. 저는 지금도 몸부림치며 절규하던 어머니의 모습을 기억합니다. 제가 초등학교 때의 일입니다.

여동생 둘이 죽고 나서 여러 번 이사를 다녔습니다. 그러다가 한집에서 수년간 살게 되었습니다. 주인집 아주머니는 어머니가 다니는 교회의 권사라고 했습니다. 어머니는 권사가 교회에서 높은 사람이라고 했습니다. 주인집 아주머니는 자식 여섯을 두었습니다. 둘째 아들이 저와 동갑으로 같은 학년이었습니다. 그 아이는 잘 먹어서 그런지 얼굴도 토실토실하고 저보다 키도 컸으며 힘도 세 보였습니다.

아이는 골목대장이었습니다. 어느 날 학교 수업을 마치고 집에 돌아오는데 주인집 아이가 시비를 걸어왔습니다. 자기 밑으로 들어오라는 것이었습니다. 그때 저는 항상 혼자 다녔습니다. 동생 둘이 죽은 후로 마음의 문을 닫고 지냈기 때문입니다.

저는 절대로 주인집 아들의 '꼬봉' 노릇을 할 수는 없었습니다. 어머니 때문이라는 것이 한가지 이유였습니다. 어머니는 집주인 아주머니의 눈치를 많이 보았습니다. 그녀는 하녀 부리듯 우리 어머니를 대했고, 어머니는 진짜 그 아주머니의 하녀라도 된 듯 행동했습니다. 아버지가 남겨온 배추와 무로 김치를 담거나 부침개를 만들면 늘 아주머니에게 가져갔습니다. 아니, 뭐든지 만들기만 하면 주인집을 찾아갔습니다. 때때로 주인집에 가서 작은 일이든 큰일이든 거들기도 했습니다. 그러고는 먹을 것과 입을 것을 얻어왔습니다. 그런 어머니를 보면서 '그럼 나도 주인집 아들에게 굽실

대야 하나?' 하는 생각도 들었습니다. 하지만 저는 그러는 것이 죽기보다 싫었습니다.

주인집 아들과 시비가 붙어 싸움이 시작됐습니다. 저는 선제공격을 했습니다. 녀석의 정강이를 발로 걷어차자 그 녀석은 땅바닥에 나동그라졌습니다. 저는 일어나려고 버둥거리는 녀석의 얼굴을 발로 사정없이 걷어찼습니다. 녀석의 이가 부러졌습니다. 사무친 게 많아서인지, 그날 저는 제정신이 아니었습니다.

그날 밤 저는 아버지에게 무진장 두들겨 맞았습니다. 무허가 판자촌 동네에 난리가 났다며 사람들이 몰려들었습니다. 저는 제 행동이 어머니를 지키기 위한 것이었다며 저 스스로 합리화했습니다. 이후에도 어머니는 살림에 보태기 위해 남의 집 허드렛일을 이것저것 하러 다녔습니다. 부자라도 만나면 몹시 굽실거리면서 말입니다. 또 어머니는 어리숙해서 사람들에게 잘 속았습니다. 그러면 저는 또 기분이 상해 화를 냈습니다.

제가 중학교에 들어가자 어머니는 무척 좋아했습니다. 돈을 많이 벌어 고생을 면하게 해달라는 말도 했습니다. 교복을 입은 제 모습을 보고 흐뭇해하셨습니다. 등교하는 저를 오랫동안 쳐다보면서 손을 흔들기도 하셨습니다. 지금도 어머니의 그 모습이 눈에 선합니다. 하지만 저는 점점 어머니를 멀리하기 시작했습니다. 어머니가 학교에 오는 것이 싫었습니다. 어머니가 촌스러워 보이고 무식한 게 탄로날까봐 초조했습니다. 저도 세련되고 유식한 어머니를 갖고 싶었던 것입니다.

고등학교 때는 어머니를 더 멀리했습니다. 어머니와 함께 버스를 타고 어딘가를 갈 때면 저는 마치 아들이 아닌 것처럼 멀리 떨어진 채 다른 자리에 앉아 창밖만 바라보면서 갔습니다.

그후로도 수없이 어머니에게 화내고 짜증내는 어리석은 짓을 저질렀습니다. 어머니의 모습이 마음에 들지 않았기 때문이지요. 철없고 한심한 이런 행동은 나이를 먹으면서 저를 자책하게 만들었습니다. 어머니를 생각하면서 참 많이 울었습니다.

작은 체구의 제 어머니는 이제 허리가 구부정합니다. 머리도 하얗게 세어 검은 머리는 사라졌습니다. 얼굴에는 주름살이 쭈글쭈글 늘어만 갑니다. 바싹 마른 손은 힘이 없어 가벼운 물건도 들지 못합니다. 사람이 늙으면 그렇다고 하지만, 제가 속상하게 한 시간이 너무 길어서 그럴 거라는 생각에 한숨이 절로 납니다.

지금도 어머니 대신 '엄마'라고 부릅니다

저는 지금도 어머니 앞에서는 철없는 소년입니다. 아직도 사람이 되기에는 멀었나 봅니다. 살다보니 제 어머니처럼 느껴지는 사람들을 만나게 되더군요.

학교를 졸업하고 직장에 다닐 때의 일입니다. 어느 날 출근해보니 제가 사용하는 뚜껑 달린 물컵이 온데간데없었습니다. 대신 그 자리에 근사한 물컵이 하나 놓여 있었습니다.

'누가 이걸 가져다놓았지?'

비서에게 물어봤더니 자기는 아니라고 했습니다. 다른 여직원도 아니라고 합니다. 며칠이 흘렀습니다. 혹시나 하면서 사무실 청소를 하는 아주머니에게 물었습니다. 그랬더니 그분이 웃으면서 말했습니다.

"변호사님 물컵에 이가 빠져 있어서 제가 새것으로 사다놓았어요. 큰일 하셔야 할 분이 그런 컵을 사용하면 안 되죠."

저는 감동했습니다. 아주머니가 저에게 선물을 한 것은 큰 이유가 있어서가 아니었습니다. 제가 웃으며 알은척해주는 게 정말 고마웠다고 합니다. 저는 그저 제 어머니가 생각나 저도 모르게 웃으면서 "안녕하세요" 하고 인사했을 뿐입니다. 제가 친절하고 상냥한 사람이라서가 아닙니다. 그저 고생한 제 어머니가 떠오르기 때문입니다.

제 나이 벌써 오십이 넘었습니다. 그런데도 어머니는 제가 출근할 때마다 똑같은 소리를 하십니다. "차 조심해라. 점심은 좋은 걸로 사먹어라. 일찍 들어와라. 술은 조금만 마셔라."

행여라도 아무 생각 없이 "아이, 피곤해죽겠네, 요즘 몸이 왜 이러지" 하면, 어머니는 "빨리 병원에 가서 검사받아라" 하고 말씀하십니다. 기침이라도 하면 감기 걸린 게 아니냐고 걱정하십니다. 전날 술을 많이 마셔서 아침 늦게까지 자리에 누워 있으면 약국에 가서 술 깨는 약을 사오십니다. 물론 해장하라고 국도 끓여놓으십니다. 이런 것이 어머니입니다. 나이에 관계없이 저는 어린 아들이고, 어머니는 언제나 '엄마'입니다.

장가를 늦게 가서 아이들을 늦게 보았습니다. 열 살 먹은 둘째가 "아빠, 놀아주세요" 하면서 제게 달라붙습니다. 거머리처럼 집요합니다. 가끔은 놀아주지만 귀찮을 때도 많습니다. 제가 귀찮아 하는 표정을 어머니는 재빨리 알아채십니다.

"이 녀석! 내 아들한테 왜 그래. 아빠도 사람이니까 쉬어야 돼. 아빠 몸이 무슨 무쇠로 만들어진 줄 알아?" 하고 야단치십니다. 저는 그냥 조용히 웃고 맙니다. 제 편이 되어주는 어머니가 좋습니다. 어머니의 자식을 향한 사랑은 식을 줄 모릅니다. 어머니의 사랑은 무조건적이고 맹목적입니다. 자식이 나이가 들어도 변함이 없습니다. 저는 그것도 모르고 바보처럼 살아왔습니다. 이제야 그것을 알았으니 말입니다.

어머니께 잘해드리지 못했습니다. 어머니는 한평생 저를 의지하고 살아오셨을 것입니다. 앞으로 잘해드릴 것입니다. 어머니의 눈에 눈물이 흐르지 않게 해드릴 것입니다. 혹시 어머니가 우시면 제가 그 눈물을 닦아드릴 것입니다. 저를 생각하며 사는 것이 어머니의 일생이었습니다.

작은 체구의 어머니는 이제 허리가

구부정해졌습니다

얼굴에는 주름살이 쭈글쭈글 늘어만 갑니다

그녀가 언제나 제 편이듯 저도 그녀의 편이 되려합니다

lateness life

평생 병을 안고 살아간다고 생각하니 막막합니다

"연락을 진작 드렸어야 했는데…… 휴학 후 B병원에서 3주 정도 꾸준히 치료받았습니다. 요즘은 다시 괜찮아졌습니다. 교수님께서 말씀해주신 대로 A병원이나 큰 병원으로 옮길까 하다가 이미 검진 등을 다 한 상태라 병원비 문제로 그냥 있던 곳에서 치료받았어요. 요즘 집안 경제사정이 어려워져 너무 힘이 듭니다. 죽고 싶은 생각이 문득문득 일어나네요."

L은 겉보기에는 튼튼해 보이지만 선천성 심장병을 앓고 있습니다. 호흡이 곤란할 때도 있습니다. 의사는 수술로도 완쾌 가능성이 높지 않으니 그냥 외래 치료를 꾸준히 받으라고 한답니다.

부모님은 자영업을 합니다. 그런데 하는 일이 잘되지 않아 신용회복위원회의 도움을 받았습니다. L은 심장병을 앓다보니 병원 신세를 많이 져야 합니다. 때로는 휴학을 하고 치료받는 일도 있습니다. 부모님의 경제사정이 넉넉한 편이 아니라서 치료비가 문제된 적도 있습니다.

건강이 좋지 않아서인지 L은 신경이 예민한 편입니다. 그래서 신경성 위장병으로 고생하기도 합니다. 친구들과 어울릴 때도 마음이 위축됩니다. 또 평생 병을 안고 살아갈 생각을 하니 앞이 막막하기도 합니다. 친구들처럼 취업도, 결혼도 걱정해야 하지만 모든 것에 자신이 없습니다. 자신을 어느 회사가 받아줄 것이며, 어느 남자가 사랑해줄까 하는 생각에 마음이 먹먹해진 적이 한두 번이 아닙니다.

그러다보니 자연스럽게 신세한탄만 늘어갑니다. 사지가 멀쩡한 사람도 힘겨운 것이 인생일진대, 하물며 심장이 아픈 L은 어떻게 살아가야 할지 고민이 많습니다. 남은 인생을 장애를 안고 살아가야 한다는 것이 걱정스럽기도 합니다. 죽고 싶을 때도 있습니다. 하지만 자신을 따뜻하게 사랑해주는 부모님과 동생들을 보면 그럴 수도 없습니다. 어느 날엔가는 길을 걷다가 부잣집 자가용이 자신을 치어 죽이면 얼마나 좋을까 하는 생각을 했다고 합니다. 그래야 보상비가 많이 나와 남은 가족에게 도움이 될 테니까 말입니다.

맑고 고운 L의 눈동자를 바라보던 제게 슬픔과 아픔이 몰려왔습니다. 저는 천사같이 착한 마음씨를 가진 L에게 "한 번 왔다 가는 인생인데 힘들고 지치더라도 살다보면 혹시 좋은 일이 생길 줄 아니?"라는 말밖에 할 수 없었습니다.

남아 있는 한쪽 눈의 망막마저 떨어지려고 합니다

제게는 40대 중반의 동생이 있습니다. 제 바로 밑의 여동생 둘이 어릴 적 세상을 떠날 때 한 살이었던 사내아이입니다. 그때 채 돌도 되지 않은 이 아이도 폐렴을 앓았습니다. 당시 우리 집은 먹고살기 힘들었고 어머니는 젖이 부족해서 그 또한 죽을 뻔했지만, 운 좋게 기적적으로 살아남았습니다.

동생은 초등학교 1학년 때부터 도수 높은 안경을 꼈습니다. 초등학교에 들어가기 전에는 눈이 나쁜지 몰랐습니다. 부모님은 일하시느라 바빠 동생의 눈에 신경을 쓰지 못했고, 저도 그런 것을 알기에는 너무 어렸습니다.

학교에 들어간 동생은 칠판의 글씨가 잘 안 보인다고 말했습니다. 병원에 갔더니 눈이 매우 나쁘다고 했습니다. 한쪽 눈은 시력이 아주 약하게 남아 있는 상태였습니다. 결국 초등학교 고학년 때 동생은 한쪽 눈을 실명했습니다.

여동생 둘을 저세상으로 보낸 저는 남동생에 대한 애정과 관심이 남달랐습니다. 동생이 밖에서 누군가에게 맞고 돌아오면 저는 달려가서 혼내주곤 했습니다. 어느 날 동생이 또 학교에서 맞고 돌아왔습니다. 저는 동생이 다니는 학교까지 찾아가 동생을 괴롭힌 놈들을 색출했습니다. 그러고는 다시는 괴롭히지 못하도록 협박까지 했습니다.

동생은 마음고생을 하면서 힘들게 자랐습니다. 한쪽 눈이 보이지 않으니 대학 진학에도 문제가 있었습니다. 취직에도 제동이 걸렸습니다. 동생은 부모님을 원망하고 세상을 원망했습니다.

그런 동생이 어른이 되어 결혼을 했습니다. 하지만 동생은 일이 잘 안 풀려 이것저것 하면서 살았습니다. 결국 나이 들어 아내와 어린 자식들을 데리고 중국으로 공부를 하러 떠났습니다. 반듯한 직업을 갖기 위해 이른바 '스펙 쌓기'를 하러 간 것이지요. 동생은 가져간 돈을 까먹는 것에 대한 부담과 공부 스트레스를 많이 받는다고 했습니다.

2008년 5월 하순 어느 날 중국에 있는 동생에게서 전화가 왔습니다. 시력이 남아 있는 눈에도 문제가 생겼다는 것입니다. 망막에 이상이 생겨 눈이 잘 보이지 않는다고 했습니다. 제 가슴은 뛰었습니다. 아니, 심장이 쿵 내려앉는 소리가 들렸다고 해야 옳습니다. 남은 눈까지 실명하면 앞으로 어떻게 살아갈 것인가? 어린 자식들은 어떻게 할 것인가? 제수씨는 또 얼마나 고생할 것인가?

저는 동생의 신세를 한탄하며 혼자 술을 마시고 밤길을 걸어 집으로 향했습니다. '신이시여, 이건 너무 가혹한 거 아닌가요. 어린 동생 둘을 데려가고도 만족을 못 하신단 말인가요.' 저는 신에게 따졌습니다. 그리고 빌고 또 빌었습니다. '제발 수술이 잘되어 건강하게 살게 해주세요.' 마음이 답답하면 혼자 술에 취할 때까지 마시고 무작정 걸으면서 기도 아닌 기도를 하는 것이 제 버릇입니다.

동생은 귀국해서 병원에 갔습니다. 의사는 망막이 떨어질 위기라고 했습니다. 수술을 하기로 하고 병원에 입원했습니다. 의사는 망막이 떨어지면 끝장이라고 했습니다. 아버지와 어머니는 울고불고 난리였습니다. 부모로서 책임감이 느껴졌기 때문이겠지요. 동생이 불쌍하다는 생각이 들었고, 동생 가족의 앞날이 걱정되었습니다.

병실에 들어가니 아버지와 어머니, 제 아내가 모여 있었습니다. 여동생 둘이 세상을 떠난 후 새로 태어난 여동생은 오지 못했습니다. 몸이 아파서 집에 누워 있다고 했습니다. 그 말을 들으니 갑자기 화가 머리끝까지 치올랐습니다. '세상에 이건 해도 너무하잖아' 하며 하늘을 원망했습니다. 어릴 때부터의 제 못된 버릇인 '하늘 원망병'이 또 나온 것입니다. 저는 부모님을 향해 소리쳤습니다.

"자식 다섯을 낳았는데, 둘은 어릴 때 죽고, 하나는 실명할 위기고, 나머지 하나는 병들어 누워 있고. 이게 말이나 돼요! 나 하나 빼고는 다 병신새끼들만 낳은 거야? 병신들만!"

제가 또 아버지와 어머니의 가슴에 대못을 박아버렸습니다. 아버지와 어머니는 고개를 돌렸습니다. 아내가 저를 말렸습니다. 참았어야 했는데 그만 참지 못했습니다. 화장실로 가서 혼자 울며 동생의 수술이 잘되기를 빌고 또 빌었습니다. 다행스럽게도 수술은 잘되었습니다. 시력이 더 나빠지기는 했어도 말입니다.

하지만 의사는 무서운 말을 합니다. 이미 실명한 눈이 남아 있는 다른 눈에 영향을 미치면 그 눈마저 실명할 수도 있다는 것입니다. 말이 씨가 될까봐 두려웠습니다. 그런데 오히려 동생은 의연합니다. 담담하게 자신의 상황을 있는 그대로 받아들였습니다. 오랜 세월 살아오는 동안 연습이 된 것이지요. 있는 그대로의 자신을 사랑하기 위해서 말입니다.

살아 숨쉬는 것만으로도 빛나는 것이 생명입니다

동생은 결혼한 후 경제적인 문제로 고생을 많이 했습니다. 가족과 함께 먹고살기 위해서 말입니다. 취직이 잘 안 되어 백수 생활을 하기도 했고, 낡은 컴퓨터를 사다가 조립해서 팔기도 했습니다. 지방 해안 마을에서 김이나 멸치 등을 사다가 이문을 남기고 팔기도 했습니다. 일이 뜻대로 풀리지 않았던 것입니다.

제 동생은 성당에 다닙니다. 독실한 신자입니다. 성격은 조용하고 내성적입니다. 저는 동생을 보고 '어쩌면 저렇게 차분할까?' 하는 생각을 한 적도 있습니다. 신경질적이고 다혈질이며 급한 저는 불평불만이 많았습니다. 하지만 저와 다른 동생은 삶을 살아가는 지혜가 저보다 뛰어납니다. 기도하는 생활을 하기 때문인 것 같습니다.

살아가는 동안 우리에게 무엇이 제일 중요할까요? 돈? 명예? 권력? 사회적 지위? 건강? 아니면 생명? 아마도 돈이라고 대답하는 사람이 많을 것입니다. '돈만 있으면 죽은 사람 살리는 것 빼고는 전부 할 수 있다'는 말이 있을 만큼 우리 사회에서 돈은 특히 중요하게 여겨집니다.

하지만 '죽은 사람 살리는 것 빼고는'이라는 말의 바탕에는 생명이 더 중요하다는 생각이 깔려 있습니다. 모든 사람이 좋아하고 위력이 대단한 그 돈도 죽은 사람은 살리지 못하니까요. 살아남는다면, 앞날이 어떻게 될지 누가 알겠습니까?

건강이 나쁜 사람은 자포자기 심정에 빠지기가 쉽습니다. 병마에 시달리는 것이 힘들기 때문입니다. 하지만 평생을 장애 상태로 살아가는 사람도 있습니다. 그것이 얼마나 힘들지는 말하지 않아도 알 수 있을 것입니다. 그럼에도 꿋꿋하게 살아갑니다.

사람은 살아가는 동안 언제, 어디서, 어떻게 장애인이 될지 모릅니다. 도처에 흉기가 도사리고 있으니 말입니다. 자동차, 전철, 택시, 버스, 빌딩 등 우리를 편하게 해주는 '문명의 이기'는 전부 우리의 건강과 생명을 위협하는 '흉기'라고도 할 수 있습니다. 또 '인간 흉기'도 있습니다. '인간 흉기'는 건강한 사람을 죽이기도 하고 장애로 만들기도 합니다.

생명은 살아 숨쉰다는 것만으로도 빛납니다. 살아 있는 동안 자신은 세상에서 오직 하나뿐인 생명입니다. 모든 사람은 지위 고하, 빈부귀천에 관계없이 세상에 오직 하나밖에 없는 특별한 존재, 각각의 내용을 품은 특별한 존재입니다. 건강이 좋지 않더라도 생명은 귀합니다. 몸과 마음이 불편하고 힘들어도 살아 있는 동안 밝고 환하게 살려고 노력해야 합니다. 생명의 가치를 느껴보는 것이 삶이 주는 숙제이자 살아 있는 자의 의무이기 때문입니다.

생명은 그 자체로 빛납니다

생명의 가치를 느끼는 것은

삶이 주는 숙제이자 살아 있는 자의 의무입니다

lateness life

은수저 물고 태어난 아이들이 부럽기만 합니다

"저는 지금 필리핀에서 어학연수를 하고 있습니다. 남들이 다 가기에 저도 아르바이트로 돈을 모아 어학연수를 왔습니다. 대부분의 아이들이 미국이나 유럽으로 가지만 저는 사정이 여의치 않아 이곳으로 오게 되었습니다. 그런데 와서 보니 제 모습이 더 초라하게 느껴집니다. 은수저 물고 태어난 아이들이 부러워 눈물이 나더군요. 정말 복 많은 아이들이 세상에 참 많다는 생각이 들었습니다. 사는 건 참 불공평한 것 같습니다. 자꾸 눈물이 납니다."

G는 어려운 가정환경에서 자랐습니다. 아빠와 엄마는 맞벌이를 했고, G에게는 형과 여동생이 있습니다. 초등학교 때 운동회를 해도 엄마가 학교에 오지 못했습니다. 어쩌다가 친구네 집에 놀러가면 G의 집에는 없는 것이 많아서 정말 부러웠습니다. 부럽지 않은

친구가 없었습니다. 친구들은 모두 아파트나 빌라에 살았는데, G는 연립주택에, 그것도 지하에서 살았습니다. 또 친구네 집엔 자동차가 있는데 G의 집엔 없었습니다. 자동차 있는 친구들이 부러웠습니다. 그래서 한번은 친구들이 휴일에 차를 타고 가족끼리 놀러갈 때 엄마한테 우리도 놀러가자고 졸랐다가 매만 맞았습니다.

G는 중학교 때에도 반 아이들이 부러웠습니다. 좋은 옷, 좋은 신발, 좋은 가방을 들고 다니는 아이들이 부러웠습니다. 양복을 입고 출근하는 다른 아이의 아빠도 부러웠습니다. G는 양복을 입은 아빠의 모습을 한 번도 본 적이 없었기 때문입니다. 좋은 옷을 입고 화장하고 다니는 친구들의 엄마도 부러웠습니다. G의 엄마는 언제나 헝클어진 머리에 운동화를 신고 돈을 벌러 나갔습니다.

고등학교에 진학한 G는 처음으로 영어와 수학 학원에 다니게 되었습니다. 중학교 때까지는 학원에 가본 적이 없었습니다. 형은 공부를 잘한다고 초등학교와 중학교 때에도 학원을 다녔지만 G는 공부를 잘하지 못한다고 학원에 보내주지 않았습니다. 형한테는 잘해주고 자신한테는 잘해주지 않는 부모님 때문에 속상해서 혼자 운 적도 많습니다.

G는 재수를 해서 전문대학에 들어갔습니다. 그제야 공부를 잘해야 좋은 직장에 들어가는 것이 현실임을 알았습니다. G는 열심히 공부해서 서울에 있는 4년제 대학의 지방 분교에 편입했습니다. 거기서도 열심히 공부했습니다. 그리고 또 편입을 해서 저를 만났습니다. 편입은 했지만, 원래 1학년부터 입학해서 다니는 학생들을 보면 괜히 주눅이 들고 비교가 돼서 속이 상했습니다. 편입

한 학생이라고 취업이 안 될 것 같은 생각이 들어 마음이 어지러웠습니다.

제가 처음 그를 만났을 때 그는 자신을 소개하는 첫마디로 자신은 편입한 학생이라고 말했습니다. 저는 지금도 그 표정을 잊을 수 없습니다. 웃는 듯 우는 듯 한탄과 원망이 서린 얼굴이었습니다. 무슨 잘못을 저지른 것도 아닌데 말입니다. G는 취업과 진로 등에 관해 이것저것을 물었습니다. 마음이 아파왔습니다. 무슨 말을 해야 도움이 될까 고민스러웠습니다. '은수저를 물고 태어난 아이들'이라는 말도 그를 통해 처음으로 알게 되었습니다. 아쉬울 것 없는 유복한 가정에서 태어난 아이들을 말한다고 했습니다.

저는 머슴의 아들로 태어났습니다

인문계 고등학교에 입학하기 전입니다. 우리 집은 제가 실업계가 아닌 인문계 고등학교에 가게 되었다는 사실로 인해서 흥분의 분위기였습니다. 아버지는 저보다 더 흥분했습니다. 어머니는 울었습니다. 아버지는 시골의 고모들에게 편지를 쓰라고 했습니다. 제가 방바닥에 엎드려 고모들에게 편지를 쓴 것은 초등학교 때부터입니다. 항상 '고모님 전傳 상서'로 시작했습니다. 아버지는 내용을 부르고 저는 받아썼습니다. 이번에는 제가 고등학교에 들어간 사연을 쓰느라 편지지 두 장을 채웠습니다.

고등학교에 입학한 날입니다. 아버지는 자신이 살아온 이야기를 들려주었습니다. 아버지가 네 살 때 할아버지가 객사했다는 얘기, 큰고모가 열 살 때 쌀 닷 말을 받고 민며느리로 들어갔다는 얘기, 아버지가 다섯 살 때 할머니가 재혼했다는 얘기, 둘째 고모도 열한 살 때 민며느리로 들어갔다는 얘기, 할머니가 일찍 세상을 떠났다는 얘기, 그래서 아버지는 어린 시절부터 머슴살이를 했다는 얘기, 아버지가 결혼한 날은 잔칫집이 아닌 초상집 분위기였다는 얘기, 결혼을 했지만 아버지는 주인집 행랑채에 살고 어머니는 큰고모 집에서 따로 떨어져 살았다는 얘기, 아버지가 머슴살이 할 때 제가 태어났다는 얘기, 제가 태어났을 때 아버지가 많이 울었다는 얘기……

아버지는 제가 고등학교에 들어갔으니 우리 집은 성공했다는 말을 했습니다. 제게 대견스럽다는 말도 했습니다. 저는 아버지가 불쌍한 사람이라는 생각이 들었습니다. 하지만 할아버지가 객사한 후 얼마 지나지 않아 할머니가 재혼한 것과 아버지가 남의 집 머슴을 산 것은 창피하다는 생각이 들었습니다. 할머니가 지조 없다는 생각도 들었습니다. 아버지가 결국 남의 집 종살이를 했다는 생각이 머릿속을 떠나지 않았습니다.

이후 고등학교 3년 내내 저는 '머슴의 아들'이라는 굴레에 갇히게 되었습니다. 저는 스스로를 천한 놈이라고 생각했습니다. 머슴의 아들로 태어났으니까요. 그리고 아버지처럼 살지 않겠다고 맹세했습니다.

그후로도 저는 머슴의 아들이라는 굴레에서 한 발짝도 벗어나지 못하고 살았습니다. 그리고 머슴의 아들이라는 굴레에서 벗어나는 데는 오랜 시간이 걸렸습니다. 마흔이 넘어서야 저는 더이상 천한 존재가 아니라는 것을 깨달았습니다. 아버지의 아픔과 슬픔을 이해하게 되었습니다. 그 시대의 아픔도 이해하게 되었습니다. 많은 이들이 그렇게 살아갈 수밖에 없었다는 것을 알게 되었고, 이 땅에는 아버지처럼 살아온 사람이 많다는 것도 알게 되었습니다. 철이 너무 늦게 든 탓이겠지요. 아버지에게 다가가는 데 너무 오랜 시간이 걸린 것입니다.

저는 아버지처럼 살기로 했습니다. 아버지는 성실하고 열심히 사셨던 분이니까요. 머슴은 새벽에 일찍 일어나야 합니다. 마당도 쓸고 땔감으로 쓸 장작도 패야 합니다. 쇠죽을 쑤어서 소에게 먹이고, 주인 어른의 요강도 비워야 합니다.

아침을 먹고 나서 소를 끌어다가 묶어놓고 논일을 살피러 나가고 점심을 먹고 산에 땔감을 하러 갑니다. 산 정상에 올라 지친 마음을 날려버리면 답답한 가슴이 탁 트입니다. 떨어져 사는 형제자매 걱정도 하다가 돌아가신 어머니 생각에 눈물도 흘립니다. 얼굴도 모르는 아버지를 그리워합니다. 산에서 해온 나무를 정리합니다. 외양간을 청소하고 소에게 먹일 여물을 준비합니다. 닭장과 토끼장도 살펴봅니다. 저녁을 먹고 행랑채 등잔불 아래서 새끼를 꼽니다.

머슴살이하면서 받은 새경을 꼬박꼬박 모읍니다. 머슴이지만 장래가 있기 때문입니다. 내년에는 새경을 올려준다고 하니 더 열심히 일할 생각입니다. 나중에 논을 사고 밭도 살 것입니다. 장가가면 색시한테도 잘해줄 것입니다. 아들을 낳으면 어머니 산소에 가서 인사시킬 것입니다.

옷을 얻어입어도, 밥을 얻어먹어도 창피하지 않습니다. 잠자리가 불편해도 괜찮습니다. 무슨 일이라도 할 수 있습니다. 머슴이니까요. 머슴살이를 오래하다보니 하는 일에 자신감이 생깁니다. 무슨 일이든 재미 있고 즐겁습니다.

내 역사는 내가 쓰는 것입니다

저는 학창시절 아버지를 포함한 기성세대에 불평불만이 많았습니다. 제 몸뚱이 자체가 '불만덩어리'였습니다. 부모와 조상에 대한 불평불만을 넘어 세상에 대한 불평불만이 넘쳐났습니다. 대학에 입학한 저는 공부도, 연애도 열심히 하고 싶었습니다. 하지만 늘 돈 문제가 저의 발목을 잡았습니다.

대학 1학년 때는 과외금지 조치가 있던 시기라 새벽에 신문배달 아르바이트를 했습니다. 2학년 때는 학생 집에서 몰래 과외를 하는, 일명 '몰래바이트'로 돈을 벌었습니다. 당시엔 과외를 하다가 들키면 법적으로 처벌됐기 때문이지요. 복학 후에도 당직 아르바이트, 물건 판매 아르바이트, 과외 등등 닥치는 대로 했습니다. 그래도 대학생이라 쉽게 돈을 벌 수 있었던 건데, 저는 감사할 줄 모르고 부모 잘못 만나 고생한다고만 생각했습니다. 또 세상의 부조리로 인해 제가 이렇게 힘든 것이라는 생각이 들었습니다. 그래서 늘 술판에 끼여 세상을 원망하고 신세한탄만을 되풀이했습니다. 그러다보니 어느덧 졸업반이 되어 있었습니다.

30대 중반이 넘어갈 즈음에야 저는 '내 역사는 내가 쓴다'는 결심을 하게 되었습니다. 그러니 숙명을 거부하자고 말입니다. 가난한 집 장남, 여동생들의 죽음 등 제게 좋은 운은 있을 수 없다는 생각 때문이었습니다. 보잘것없고 형편없는 역사를 써도 제가 주체가 되어 제 역사를 써보기로 했습니다.

우선 아버지를 원망하지 않기로 했습니다. 그리고 세상을 원망하지 않기로 했습니다. 아버지와 세상을 이해하고 받아들이기로 한 것이 아닙니다. 원망하는 시간이 아까웠고, 원망으로 지쳐가는 제 자신이 측은했습니다. 오로지 제 자신을 부둥켜안은 채 제 삶만을 생각하기로 했습니다. '아버지는 아버지고, 나는 나다. 나는 우리 집안의 중시조中始祖가 되겠다'라고 다짐한 것입니다.

제 할아버지나 아버지는 처세에 능한 사람이 아니었습니다. 약삭빠른 사람들은 제 아버지를 보고 바보라고 할지도 모르겠습니다. 저도 한때는 그렇게 생각했으니까요. 아버지의 머슴살이만 해도 그렇습니다. 그런데 어쩌면 현대사회를 살아가는 월급쟁이는 모두 머슴살이를 하는 것이 아닌가 하는 생각이 듭니다. 육체적인 노동이든 정신적인 노동이든 모두 노동력을 제공한 대가로 월급을 받으니, 결국 저도 머슴살이를 하는 셈입니다. 하지만 당시는 머슴살이 하는 사람이 여전히 존재하는 시대였습니다.

저는 30대 중반이 넘어서야 다른 사람의 인생을 부러워하지 말자는 생각이 들었습니다. 죽으면 썩어버릴 몸뚱이에 살아서 맛난 것 먹고 좋은 옷 입는다고 해서 달라질 게 뭐가 있을까 하는 생각을 했습니다. 죽으면 다 같은 몸뚱이 아니더냐 하면서 말입니다.

저는 머슴의 아들입니다

가난한 집 장남입니다

그래서

스스로 역사를 써보기로 했습니다

더이상 아버지를 원망하지 않기로 했습니다. 제가 아버지보다 많이 배웠고 더 잘났으니 좀더 나은 자신, 나아가 좀더 나은 집안 그리고 세상을 만들어보기로 했습니다. 역사와 전통이 있고, 진정성과 도덕성을 갖춘, 사랑과 평화가 넘치는 집안, 한마디로 멋진 가문을 만들어보기로 한 것입니다.

왕조국가에서 왕의 묘호廟號가 '조祖' 또는 '종宗'으로 끝나는 이유가 있습니다. 국가를 창업한 군주는 '조'로 끝납니다. 왕조의 창업자에게 올리는 이름인 셈입니다. 그 외에는 모두 '종'으로 끝납니다. 다만 시조가 아니어도 중흥을 이룬 왕은 '조'를 붙이기도 합니다. 이런 원칙은 중국 한나라 무제 때 만들어졌습니다. 중국 왕조는 이 원칙을 지켰습니다.

고려는 시조인 왕건만 '조'로 끝나고, 나머지 왕은 모두 '종'으로 끝납니다. 몽골이 임명한 왕을 제외하고 말입니다. 하지만 조선을 보면 시조 외에 '조'로 끝나는 왕이 많습니다. 세조, 선조, 인조, 영조, 정조, 순조가 '조'로 끝납니다. 이 왕들은 각기 중시조라고 할 만하다고 판단하여 후대 신하들이 '조'를 써서 묘호를 붙였습니다. 자신의 삶에 대해 한숨이 흘러나와도 너무 실망하지 말길 바랍니다. 우리가 모두 명문가를 만들어봅시다. 우리도 한번 개인의 가문을 새로 써봅시다. 너와 내가 시조든, 중시조든 되어보자는 말입니다.

엄마는 대체 왜 저를 다른 아이와 비교할까요?

"요즘 취업 스트레스를 많이 받습니다. 엄마는 툭하면 '내가 너 만할 때는 안 그랬는데, 너는 왜 그러니?' '그집 아이는 S대학을 갔는데, 너는 어쩌려고 이러니?'라는 말로 저를 몰아세웁니다. 하루 이틀도 아니고 미칠 것만 같습니다. 엄마가 미워 죽겠지만 엄마 말대로 스펙 관리를 하지 않은 것이 후회되기도 합니다."

E는 제법 부유하고 유복한 가정에서 태어났습니다. 아빠는 명문대학을 졸업해 사회적으로 인정받는 직업을 갖고 있고, 엄마도 명문대학을 졸업한 커리어우먼입니다. E는 유치원 때부터 중학교 때까지 많은 학원에 다녔습니다. 영어학원, 퍼즐 학원, 스케이트 학원 등을 다녔고, 승마도 배웠습니다. 특히 영어 실력이 좋아 엄마의 기대를 한몸에 받았습니다. 또 초등학교 때는 학급 회장을

하기도 했고, 6학년 때는 전교 회장을 했습니다.

E는 중학교에 가서도 공부를 참 잘했습니다. 외동딸로서 엄마와 아빠의 사랑을 듬뿍 받아 세상에 그 누구도 부럽지 않았습니다. 중학교에서도 학급 회장을 도맡아 했습니다. 친구들과도 잘 지냈고 선생님의 기대도 컸습니다. 물론 엄마의 기대도 남달랐습니다. 가끔 학교에 가서 선생님을 만나고 돌아온 엄마의 얼굴은 매우 밝았습니다. 선생님이 E를 칭찬했기 때문입니다. 선생님이 다른 아이들도 E처럼만 하면 정말 좋겠다고 했다는 것입니다. 친구관계 좋고, 공부 잘하고, 성실하고, 예의바르고, 리더십까지 좋다며 칭찬 일색이었답니다.

E는 외국어고등학교에 진학했습니다. 머리 좋은 아이들이 많이 모여 있었습니다. E보다 잘난 아이들도 많았습니다. 이때부터 엄마의 잔소리가 심해졌습니다. 중학교 때의 잔소리는 가끔 누구네 집 아이는 이런저런 것을 한다는데 너도 해야 하지 않느냐 정도였습니다. 그런데 고등학교에 와서는 명문대학에 들어가지 못하면 인생은 끝난다는 식의 과격한 말을 하는 횟수가 늘었습니다. 또 툭하면 다른 아이들과 비교하곤 했습니다.

E는 고등학교를 졸업하고 대학에 들어갔습니다. 엄마는 재수를 해야 한다고 길길이 날뛰었지만, 아빠는 그럴 필요 없다며 E의 손을 들어주었습니다. E가 대학에 들어간 후 엄마와의 관계는 악화되었습니다. 두 사람 사이에 냉기가 흐르기 시작했습니다. 엄마의 여고 동창생 딸이 S대학에 들어간 후 상황은 더 심각해졌습니다. 그 아주머니는 변호사인데, 엄마는 그 변호사 친구에 대한 열등감

을 E를 통해 풀려는 것 같았습니다. 그러다보니 엄마는 툭하면 E와 엄마 친구의 딸을 비교했습니다. E는 미칠 것만 같았고, 집을 나가고 싶은 충동을 느낀 적도 있습니다. 괜히 엄마 친구의 딸이 미워졌습니다.

부모는 아이를, 아이는 부모를 비교합니다

저는 어린 시절부터 비교를 당하면서 자랐습니다. "네 아버지는 뭐하시냐?" 어린 시절 가장 많이 받은 질문입니다. 제가 가장 싫어하는 질문이기도 합니다. 아버지의 직업은 언제나 제가 밝히기 싫어하는 부분이었습니다.

사람들이 제 아버지의 직업을 묻는 이유를 잘 알고 있습니다. 아버지가 없는 고아라고 하면 저를 불쌍히 여겨 동정을 하거나 저를 무시할 것입니다. 이것은 신문배달을 할 때 동정심을 유발하기 위해 제가 써먹어본 방법입니다. 동정하는 사람이 많았지만, 무시하는 사람도 있었으니까요. 아버지가 사장이라고 하면 돈 많은 집 아들이라고 여겨 과한 호의를 베풀기도 합니다. 이것도 써먹어보았습니다. 또 아버지가 공무원이거나 군인 혹은 경찰이라고 하면 힘깨나 쓰는 집안 아들인 줄 알고 제게 굽실거립니다.

그러나 제가 리어카를 끌고 하루 종일 이곳저곳을 돌아다니는 채소 행상의 아들이라고 하면, 그 말을 듣는 순간 저를 무시하는 얼굴로 변합니다. 이것도 경험해보았습니다.

그래서 저는 누가 아버지 직업이 뭐냐고 묻는 것을 제일 싫어했습니다. 어쩔 수 없이 대답해야 할 때는 "대학 교수요" "서울시청 공무원이요" 하면서 대충 둘러댄 적도 많습니다. 성인이 되어 생각해보니 웃음만 나오지만 말입니다.

어린 시절 받았던 질문 중 또 싫어하는 것이 있습니다. "공부는 잘하니?" 하는 질문입니다. 하고 다니는 모양을 보면 알 수도 있을 텐데, 이런 질문을 하는 사람들이 정말 싫었습니다. 저는 그 누구를 만나도 "네 아버지는 뭐하시니?"와 같은 질문은 하지 않습니다. "너는 어디 사니?" "네 고향은 어디니?" 하는 질문도 한 적이 없습니다. 물론 "이번 학기 성적은 잘 나왔어?"와 같은 질문 또한 절대 하지 않습니다. 어린 시절 비교를 당하면 마음이 아프고 힘들었습니다. 그래서 성인이 된 후로 저는 제가 받았던 질문을 하지 않습니다.

어린 시절 저는 우리 부모님과 다른 아이들의 부모님을 비교했습니다. 부모님의 직업도 학력도 가정형편도, 무엇 하나 내세울 것 없는 조건이었기에 비교할수록 마음이 초라해졌습니다. 우울해졌습니다. 그래서 성인이 된 후 다짐했습니다. 제가 그렇듯, 저희 부모님이 그렇듯, 제 주위의 그 누구와도 비교하지 않겠다고 말입니다.

비교당하던 이들은 비난하며 배웁니다

엄마는 자신의 어릴 때 모습과 자식을 비교합니다. 아빠는 자식을 다른 아이들과 비교합니다. 아내는 남편을 옆집 남편과 비교합니다. 남편은 아내를 옆집 부인과 비교합니다. 또 자기 스스로 타인과 비교하기도 합니다.

비교 대상이 되는 사람은 스트레스를 받습니다. 타인은 물론이고 자기 자신이 스스로에게 스트레스를 안겨주기도 합니다. 그러면 당연히 초라해지고 위축되겠지요. 자존감도 없어지고 자신감도 잃습니다. 불행하다고 생각하게 됩니다.

남의 비교에 마음을 쓰지 마십시오. 비교하기 좋아하는 사람은 그렇게 살다가 생을 마감할 것입니다. '나는 평생 남과 비교하면서 살아왔다. 그래서 참 행복했노라' 하면서 저세상으로 가라고 하세요. 이런 부류의 사람은 자신보다 못났다고 생각하는 사람을 찾아내려고 두 눈에 불을 켜고 달려듭니다. 그래야 행복감을 느낄 테니까요. 자신이 만든 기준에 모든 것을 맞추면서 살아가는 사람입니다. 그래봐야 절대 진정한 행복은 맛보지 못할 텐데 말이지요.

수년 전부터 '옆집 아줌마'가 장안의 화제입니다. 동네에서 말발깨나 날린다는 옆집 아줌마네 집에 동네 아줌마들이 모였습니다. 다들 물가 걱정을 합니다. 이어서 사는 동네를 비교합니다. 학군이 중요하다면서 말입니다. 좋은 집과 나쁜 집 비교로 화제를 바꿉니다. 단독주택, 빌라, 아파트 등 각종 집 종류가 다 나옵니다.

아파트 평수도 비교합니다. 자동차도 비교하고 입는 옷까지 비교하기 시작합니다. 아줌마들은 시간 가는 줄 모릅니다. 여기저기서 한숨을 쉬는 아줌마도 생기기 시작합니다. 이제 본론으로 들어갑니다. 아이들 비교에 여념이 없습니다. 학교와 학원 성적 비교에서 시작해 시시콜콜한 것까지 비교하다가 급기야 성격까지 비교하기 시작합니다. 자식이 미워지기 시작하는 아줌마들도 있습니다. 그녀들의 얼굴이 굳어져갑니다. 이제 마지막으로 남편 비교를 시작합니다. 남편이 무능하고 한심하다는 생각이 듭니다. 착잡한 마음을 안고 각자 집으로 돌아갑니다. 아이들은 그날 엄마에게 무지하게 혼이 납니다. 부부싸움을 하는 집도 있습니다. 엄마는 옆집에만 갔다 오면 아이들을 다그쳐댑니다. 그러면 안 된다는 것을 알면서도 말입니다. 누가 행복한가요? 아무도 행복하지 않습니다. 비교라는 악마가 불행을 불러들였기 때문입니다.

한 엄마는 초등학교 6학년인 아이를 새벽에 깨우기 시작합니다. 공부를 하라고 말입니다. 하루 종일 학교와 학원에서 시달리는데, 집에 와서도 밤늦게까지 공부하라고 감시합니다. 그놈의 옆집 아줌마 때문입니다.

부부싸움도 자주 일어납니다. 엄마는 직장생활을 하는 아빠가 무능하다고 타박합니다. 아빠는 그렇지 않아도 힘든데 엄마 때문에 세상이 싫어집니다. 아이와 아빠는 탈출하고 싶습니다. 아이는 엄마가 싫다고, 함께 살 수 없다고 말합니다. 아빠하고만 살겠다고 합니다. 엄마와 아빠는 별거에 들어갑니다.

문제는 비교당하던 이들은 이것을 내면화한다는 것입니다. 비난하던 행동을 내면화해서 스스로 비교대상이 됩니다. 자기 자신을 끊임없이 남과 비교하는 아이는 행복할 수 없습니다. 자신을 누구와도 비교하지 말아야 합니다. 굳이 비교를 하려면 과거의 자신과 현재의 자신만을 비교하십시오. 자신에게 유익한 것은 그것뿐입니다. 어제 한 계단을 올라왔다면, 오늘 한 계단을 더 올라가야지 하면 되는 것입니다.

다시 말해 '어제의 나'와 '오늘의 나', '작년의 나'와 '올해의 나', '5년 전의 나'와 '지금의 나', '10년 전의 나'와 '지금의 나'를 비교하는 것입니다. 타인과 비교하지 말고 삶에 열중하는 것만이 자기 삶의 주인이 되는 길입니다.

사람마다 추구하는 목표와 가치는 다릅니다. 저는 약간 일중독인 것 같습니다. 그렇다고 일벌레거나 일의 노예는 아닙니다. 제가 '추구하는 목표'는 '제 일'과 관련 있습니다. 제가 하는 일이 어제보다 오늘 더 발전하고, 작년보다 올해 더 발전하고, 5년 전보다 지금 더 발전하는 것을 말합니다. 즉 제가 추구하는 목표는 거창한 것이 아니라, 그 발전에서 느끼는 저만의 성취감과 만족감을 말하는 것입니다. 실적이나 결과에 초점을 두면 피곤해집니다. 맡은 일이 무엇이든, 하는 일이 무엇이든 정말 최선을 다하고, 그 결과가 비교적 잘 나오면 저는 기분이 매우 좋습니다. '일 중심적' 사고를 하려고 노력합니다. 일에서의 발전이지요. 일을 더 숙달되게 하는 것입니다. 이것이 바로 현재의 저와 과거의 저를 비교하는 것입니다.

제가 '추구하는 가치'도 비슷한 과정을 거칩니다. 선생의 일은 강의와 연구입니다. 그러다보니 처음에 쓴 글보다 나중에 쓴 글이 마음에 들면 과거보다 지금의 제가 더 나아졌다는 생각이 듭니다. 이것도 일 중심적 사고를 하면서 느끼는 성취감입니다. 학생들에게 하는 강의도 마찬가지입니다. 작년보다 올해 강의 준비를 더 잘해서 학생들의 반응이 좋으면 저는 역시 성취감을 느낍니다.

학생들과 대화를 나누기 위해 점심을 함께 먹다가 학생들이 제 말을 듣고 도움이 되었다면 저는 제가 더 나은 선생이 된 것으로 생각합니다. 상담 경험이 쌓이다보니 학생들과의 대화가 처음 선생이 되었을 때보다 순조롭습니다. 이것도 저 자신의 과거와 현재를 비교하면서 느끼는 만족감입니다.

나이가 들어갈수록 제가 하는 일과 관련하여 경험이나 경륜도 늘어간다는 생각이 들고, 그에 따른 성취감과 만족감도 풍성해집니다. 나이라는 숫자가 쌓여갈수록, 경험과 경륜도 조금씩 쌓여갑니다. 그러한 비교가 저를 행복하게 합니다.

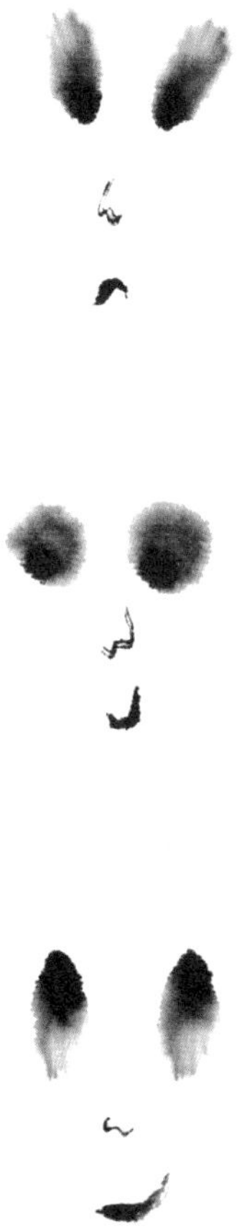

자신을 남과 비교하지 말아야 합니다

과거의 자신과 현재의 자신을 비교하는 것

그것만이 자신에게 유익한 일입니다

엄마가 집을 나갔습니다

“할머니랑 제가 동생 둘을 데리고 살아가고 있어요. 할머니는 장사를 하기 위해 새벽에 나갔다가 밤에 들어오십니다. 저도 아르바이트를 하지만 그것으로는 생활이 어렵습니다. 아빠에 이어 엄마까지 저희를 버렸다는 생각에 저도 집을 뛰쳐나가고 싶지만 동생들과 할머니 때문에 이러지도 저러지도 못하고 있습니다. 언제까지 이렇게 살아가야 하는 걸까요?”

제가 I를 처음 보았을 때 I의 얼굴에는 웃음기가 거의 없었습니다. I는 아빠와 엄마, 할머니 그리고 동생 두 명과 함께 살았습니다. 고등학교 1학년 때 아빠는 술집 여자와 바람이 나서 집을 나갔습니다. 아빠가 가족을 버리고 떠난 것입니다. 그래도 생활력이 있는 엄마와 할머니 덕분에 생활을 꾸려갈 수 있었습니다. I는 어려운 환경을 극복하고 대학에 진학했습니다. 생활력이 강했고, 당찬 아이였던지라 아르바이트를 많이 했습니다. 제가 변호사 출신이니 변호사 사무실에 아르바이트 자리를 구해달라고 제게 전화까지 할 정도였습니다. 힘들이지 않고 돈도 많이 받을 수 있을 거라면서 말입니다.

I는 한동안 연락이 뜸하더니 만나고 싶다며 연락을 해왔습니다. 또 아르바이트 자리 때문일 것으로 저는 지레짐작했습니다. 그러나 제 예상은 빗나갔습니다. I의 얼굴에는 웃음기도 핏기도 없이 눈은 증오심과 반항심으로 불타고 있었습니다.

몇 개월 전에 엄마마저 집을 나갔다고 했습니다. 지금은 I가 할머니와 동생 둘을 데리고 살고 있습니다. 할머니는 장사를 하기 위해 새벽에 일찍 나갔다가 저녁 늦게 들어오십니다. 제 앞에서 갑자기 눈물을 보인 I는 사법시험을 준비하고 싶다고 했습니다. 아빠가 가정 파탄의 원인을 제공했으니 아빠에게 복수하기 위해서 고시 공부를 하겠다는 것입니다. 꼭 성공해서 아빠를 찾아내 혼을 내겠다고 했습니다.

I는 아빠가 집을 나간 후 고생하는 엄마를 불쌍하게 생각했습니다. 그런데 이제는 엄마도 저주한다고 했습니다. 제 가슴에 답답함과 아픔이 밀려왔습니다. 무슨 말을 해야 할지 당황스러웠습니다.

저는 아빠나 엄마에게 복수하기 위한 공부가 아니라, 자신을 위한 공부를 해야 한다고 말했습니다. 지금 상황에서 그것이 가능하겠느냐고 물었습니다. I는 엄마가 집을 나간 후 몇 개월 동안 죽고 싶을 때도 있었답니다. 하지만 절대로 죽지 않고 살아서 복수할 것이랍니다. 저는 I가 강인한 성격이어서 다행이라고 생각했습니다. 또 의지가 남다르기 때문에 할머니랑 동생들과 함께 지금까지 생활해오고 있는 거라는 생각도 했습니다. 할머니가 계시기는 하지만 이제 I가 가장이 되었습니다. 말씀도 별로 없으신 할머니는 가끔 손주들을 바라보며 눈물을 흘리십니다.

요즘 집을 나가고 싶은 충동이 일어난다고 하는 I에게 이렇게 말했습니다.

"너까지 집을 나가면 너도 네 아빠나 엄마처럼 무책임한 사람이 되는 거야. 너는 지금까지 잘 해오고 있지 않니. 환경이 어렵지만 대학도 다니고, 또 네 동생도 대학에 들어갔고. 무엇보다 책임감이 강하고 사랑이 넘치는 할머니가 계시잖아. 딴마음 먹으면 안 된다. 아빠와 엄마를 닮지 말고 할머니를 닮아! 알았지?"

책임감이 강한 유치원생과 초등학생

책임감은 '맡아서 해야 할 임무나 의무를 중요하게 여기는 마음가짐이나 태도'를 말합니다. 영국과 독일, 프랑스 등의 유럽 선진국과 미국에서는 책임감을 가장 중요한 덕목으로 꼽습니다. 특히 지도자가 되고자 하는 사람들은 책임감이 강해야 합니다. 말로만 '무거운 책임감을 느낀다'고 하는 지도자도 있지만 말입니다.

책임의 영어 단어는 'Responsibility'입니다. 이 말은 'Response'

와 'Ability'의 합성어입니다. Response의 사전적 의미는 반응, 응답, 응전입니다. 즉 외부의 자극이나 도전에 반응하는 것을 말합니다. Ability는 능력이나 재능, 할 수 있는 힘을 의미합니다. 결국 책임이란 '외부의 도전에 반응할 수 있는 능력이나 힘'을 말합니다.

얼마 전 '책임감이 강한 유치원생'의 그림일기가 화제였습니다. 공개된 사진에는 「사랑한다고 말했거든」이라는 제목으로 유치원 어린이가 쓴 시 한 편이 담겨 있었습니다.

"난 할 수 없이/ 작은 토끼반 선생님하고/ 결혼해야 돼/ 선생님한테/ 내가 사랑한다고 말했거든."

자신이 내뱉은 말에 책임을 지겠다는 유치원생의 강한 책임감이 어른들을 민망하게 했습니다. 또 '책임감이 강한 초등학생'이라는 제목의 재미있는 얘기도 유행한 적이 있습니다.

"불이야! 불! 불이야!" 초등학교에서 불이 났습니다. 선생님은 아이들을 안전하게 대피시키고 모두 무사한지 인원을 점검했습니다. 그런데 한 학생이 보이지 않았습니다. 걱정이 된 선생님이 건물을 보았을 땐 이미 교실 안쪽까지 불길이 번지고 있었습니다. 그때 갑자기 교실 창문이 깨지면서 불 속에서 손 하나가 불쑥 튀어나왔습니다. 그리고 있는 힘을 다해 소리지르는 한 어린이의 말이 들려왔습니다. "선생님! 저 오늘 주번인데 나가도 돼요?"

책임감이 강한 사람으로 교육하는 것은 중요합니다. 많은 부모가 알고 있으며 노력도 하고 있습니다. 아이가 어른이 되면 사회생활을 해야 하기 때문이지요.

저는 중학교 3학년인 딸아이와 초등학교 4학년인 사내아이의 아빠입니다. 아이들이 가끔 학교나 학원의 숙제를 도와달라고 징징댑니다. 저는 한 번도 대신해준 적이 없습니다. 책이나 퍼즐 등의 물건을 사러 가족과 함께 나갈 때가 있습니다. 이때 아이들은 어느 책이 좋은지 또는 어느 퍼즐이 더 좋은지를 저나 아내에게 묻습니다. 아내가 골라주려고 하면 저는 눈짓으로 아내를 말립니다. 그리고 이렇게 말합니다.

"네가 가장 좋다고 생각하는 것으로 골라. 네 마음에 들면 돼! 그리고 나중에 절대 바꾸러 오지 않을 거니까 후회하지 않을 만한 걸로 잘 골라야 돼! 알았어?"

아이들은 신중하게 물건을 고릅니다. 하지만 집에 돌아와서는 마음에 들지 않는다는 말을 하기도 합니다. 그럴 때 저는 이렇게 혼을 냅니다. "네가 알아서 고른 것이니 마음에 들지 않는 것도 네 책임이야. 그러니 그걸 바꾸고 싶으면 네가 혼자 가서 바꿔달라고 해. 그렇게 하지 않을 거면 투정 부리지 마." 물론 "야, 이거 정말 좋은데! 내 마음에도 쏙 드네" 하고 칭찬을 할 때도 있습니다.

책임을 다하는 것은 습관입니다

어릴 때부터 스스로 한 숙제에 대한 책임, 스스로 선택한 물건에 대한 책임을 지게 해야 합니다. 책임을 다하는 것이 습관이 되면 아이는 반드시 사회에 필요한 존재가 될 것입니다.

어떤 부모는 자식 사랑이 극진해서 모든 것을 대신해줍니다. 그러다보니 아이는 스스로 할 수 있는 것이 많지 않습니다. 성인이 되어 사회생활을 하게 되었을 때 그 아이의 삶은 어떻게 될까요? 자기 인생에 대한 책임은 자신과의 약속을 지키는 것입니다. 이것은 자신의 잘못을 스스로 인정하는 솔직함을 필요로 합니다. 그래야 인생이 발전해나갈 수 있습니다.

스물아홉에 비즈니스뱅크를 설립해서 창업을 지원하고 있고, 『사장의 일』을 비롯한 다수의 경영서를 집필한 하마구치 다카노리 회장은 '여름에 눈이 내리는 천재지변조차도 사장의 책임'이라고 했습니다. 직원이 엄청난 실수를 하거나 원하는 성과를 내지 못하더라도 궁극적인 책임은 그를 고용하고, 그의 능력을 끌어내지 못한 사장의 몫이라는 얘기입니다. 또한 미국의 33대 대통령이었던 해리 트루먼의 책상 위에도 '모든 책임은 내가 진다'는 명패가 있었다고 합니다.

자신이 한 말이나 행동에 책임을 지는 것은 어린 시절부터 훈련이 되어야 가능합니다. 작은 것부터 책임지는 습관이 생겨야 커다란 일에서의 성공과 실패를 책임질 수 있습니다. 책임지지 못하는 어른이 많은 사회는 발전이 없는 사회일지 모릅니다.

lateness life

돈 버는 아내를 둔 늦깎이 대학생입니다

"며칠 전에 아내가 둘째 아이를 낳았습니다. 또 처갓집 신세를 져야 할 것 같습니다. 제가 나이 들어 학교에 다니다보니 말씀드렸듯이 아내가 벌어서 생활하고 있습니다. 이제는 장모님 얼굴도 제대로 못 쳐다보겠습니다. 아내 얼굴도 그렇고요. 잠자리에 누웠지만 잠은 오지 않고 답답한 마음에 이렇게 메일 드립니다."

W는 지방에서 고등학교를 졸업하고 서울로 올라왔습니다. 이 직장 저 직장 문을 두드려봤지만 여간 취직이 어려운 게 아니었습니다. 가방끈 짧은 것이 이유라는 걸 뼈저리게 느꼈습니다. 기술이 없다보니 취직하는 것이 더 어려웠습니다. 이곳저곳을 찾아헤맨 끝에 규모가 작은 한 회사에 어렵사리 들어갔습니다. 각 부서에서 필요한 심부름을 맡아 하는 허드렛일이 주된 업무였습니다. 그러

다가 군에 입대하게 되었습니다. 군대에서는 운전병으로 일했습니다. 회사에 다닐 때 운전을 한 경험이 많은 도움이 되었습니다. 제대 후에는 작은 회사의 사장님 운전기사로 일했습니다.

W는 말수가 적고 과묵한 성격에 성실했습니다. 그래서인지 곧 사장이 아끼는 기사가 되었습니다. W는 사장 비서인 여직원을 좋아하게 되었고, 둘은 눈이 맞아 연애를 시작했습니다. 그리고 미래를 약속하는 사이로 발전했습니다. 그 여직원은 세 자매 중 둘째로 W와 같은 고졸 학력자였습니다.

두 사람은 결혼식을 올렸습니다. 그런데 W는 아내를 만난 후 운명이 바뀌게 되었습니다. 어느 날 아내는 그에게 직장을 그만두고 공부해서 대학에 진학하라고 말했습니다. 자신이 없다는 W에게 아내는 자신이 돈을 벌어 뒷바라지를 할 테니 걱정 말고 공부하라고 강력하게 설득했습니다. 배워야 나중에 고생하지 않는다고 하면서요.

W는 열심히 공부해서 대학에 들어갔습니다. 하지만 대학생활은 만만치 않았습니다. 젊은 학생들하고 경쟁해야 하는 것도 힘겨웠지만 무엇보다 돈을 벌어 가정을 책임져야 하는데도 그러지 못하는 것이 아내에게 많이 미안했습니다. 또 처갓집의 경제적 도움을 받는 것이 죄송했습니다. 두 사람의 결혼을 심하게 반대한 장인의 눈치를 보는 아내가 가엾기도 했습니다.

결혼의 조건

저는 늦깎이로 사법시험에 합격했습니다. 합격하고 나니 뚜쟁이들에게서 전화가 걸려왔습니다. 사회적으로 성공하거나 출세한 집안의 규수들이 있다면서 말입니다. 처음에 저는 혹했습니다. '처갓집 덕에 덩달아 출세할 수 있겠구나' 하는 생각이 잠시 스쳐지나갔습니다.

하지만 제가 갈 길은 따로 있었습니다. 어린 시절 여동생 둘이 세상을 떠날 때 절규하던 부모님의 모습이 뇌리에 깊이 남아 있던 저는 부모님을 나 몰라라 할 수 없었습니다. 철없던 시절 부모님께 저지른 마음고생, 몸고생을 보상해드려야 했습니다. 이것이 제가 부모님과 함께 살기로 결정한 이유입니다. 그래서 이런 조건을 받아주는 여자가 없으면 결혼하지 않고 독신으로 살기로 했습니다. 남들이 '봉건시대 꼴통남'이라고 놀려도 말입니다.

그래도 고시에 붙었다고 선배들이 여자를 소개해주었습니다. 저는 제 나름의 '결혼 조건'을 생각해둔 것이 있었습니다. 건강한 체질로 키는 가능하면 160센티미터는 넘었으면 좋겠다는 것이 첫번째 조건이었습니다. 저보다 큰 여자도 감당할 수 있다는 단서까지 붙였습니다. 아버지와 어머니의 건강이 좋지 못한데다 형제들이 일찍 세상을 떠나고 나니 저에게는 건강이 가장 중요한 조건이었습니다. 또 제가 좀 작은 것을 고려하기도 했지요. 2세를 생각해서 말입니다.

경제적인 자립 능력이 있으면 좋겠다고 생각했습니다. 살다보면 언제 어떻게 될지 아무도 모르는 일입니다. 방정맞은 소리지만 제가 젊은 나이에 세상을 떠나도 아내가 경제능력이 있어야 아이들과 함께 세상을 살아갈 수 있다고 생각했습니다. 저에게 죽음은 그리 먼 얘기가 아니었으니까요.

성격은 밝은 사람이었으면 좋겠다고 생각했습니다. 또 이성적인 사람이 좋았습니다. 저는 성격이 그렇게 명랑한 편도 아니고 감정적으로 격하기도 한 사람입니다. 그러니 성격이 같은 것보다는 다른 것이 상호보완적이겠지요. 외모는 보지 않지만 제가 얼굴이 작고 길기 때문에 아내의 얼굴형은 어린 시절 제 짝사랑 영화배우 문희처럼 둥글넓적하면 좋겠다고 생각했습니다. 그리고 이왕이면 신앙심이 깊어서 매사에 기도하는 사람이면 좋겠고, 또한 살아온 환경과 생각하는 것이 비슷해서 평생 친구로서 서로 대화가 넘치는 사이였으면 했습니다.

마지막으로 나이가 스물여덟 살을 넘어서는 안 된다는 이상한 조건도 포함했습니다. 이것은 제 나이가 너무 많은지라 2세를 염두에 둔 포석이었습니다.

다만 이런 조건들에는 단서가 붙어 있었습니다. 각 기준의 평균이 B마이너스 내지 C플러스 이상이면 된다는 것입니다. 제가 제 주제를 잘 알고 있기 때문이지요. 그렇게 해서 설 연휴 사흘 동안 네 명의 여자를 만나게 되었습니다.

첫째 날이었습니다. 약속 장소는 조선호텔 레스토랑입니다. 직원에게 '이상복'이라고 이름을 대고 저를 찾는 여자가 있으면 안내해 달라고 부탁했습니다. 오후 3시가 되니 한 여자가 들어왔습니다.

안쪽으로 들어가 자리를 잡았습니다. 스물일곱 살이랍니다. 그녀와 30분 정도 이야기를 했습니다. 이야기가 중간중간 뚝뚝 끊기고 이어지지 않았습니다. “소개해준 선배에게 연락을 드리겠습니다” 하고 말하니 여자의 얼굴색이 확 변했습니다. ‘나이깨나 처먹은 놈이 현실을 몰라도 너무 모른다’는 표정이었습니다.

둘째 날입니다. 똑같은 장소입니다. 직원에게 첫째 날과 같은 말을 부탁하고 입구에서 기다리고 있었습니다. 같은 시간인 오후 3시에 한 여자가 들어왔고, 저는 어제 앉았던 그 자리로 가서 대화를 했습니다. 스물여덟 살의 그녀와도 대화의 벽을 느꼈습니다. 어제와 똑같은 말을 전하니 그녀의 얼굴도 좋지 않아 보였습니다.

두 시간 이상 배회하다 오후 6시에 세번째 여자를 만나기 위해 다시 같은 호텔로 갔습니다. 남남북녀가 만난 것도 아닌데 자꾸 말이 헛돌았습니다. 성장해온 배경이나 환경이 너무나 달랐기 때문입니다.

셋째 날입니다. 같은 장소입니다. 직원에게 저를 찾는 여자가 있으면 안내해달라고 부탁을 하니 직원은 웃음을 참지 못하고 한마디 합니다.

“아저씨는 왜 3일 내내 같은 장소에서 선을 봐요?”

저는 얼굴이 벌게지고 부끄러웠지만 아무 말 없이 네번째 여자를 기다렸습니다. 약속 시간이 넘었는데도 나타나지 않습니다. 서른세 살의 젊지도 않은 여자인데 배짱이 좋습니다. 15분이 지나서야 입구로 들어옵니다. 그것도 웃으면서 말입니다. “늦어서 죄송해요”로 시작해서 “밥 좀 사주세요”로 대화는 끝났습니다. 시간을 보니 오후 6시가 지나고 있었습니다. 한 장소에 있기가 좀 거북해서 뷔페 식당으로 자리를 옮겼습니다.

여자는 식성이 좋았습니다. 제가 눈여겨보는 것을 의식했는지 "생긴 대로 살아요"라고 하더군요. 그 순간 '바로 이 여자다'라는 생각이 들었습니다. 제가 가장 좋아하는 말을 그녀가 대신한 것입니다. 9시까지 이야기를 나눴습니다. 2주 동안 학원 강의로 바빠서 정신이 없으니 시간이 나면 연락을 하겠다고 말하고 헤어졌습니다.

3월 초 조용한 찻집에서 그녀를 세번째로 만났습니다. 저는 "이제, 우리 그만 만나자!" 하며 상대의 반응을 떠보았습니다. 그녀는 무척이나 놀란 얼굴이었습니다. 저는 곧바로 "같이 살고 싶다" 하고 말했습니다. 멋있게 청혼하려고 거울 보며 연습까지 했는데 생각보다 연기가 서툴렀나봅니다. 저는 아내가 될 여인에게 앞으로 어떻게 살겠다는 말을 했습니다. 제 말을 들은 그녀는 눈물을 흘렸습니다. 저는 그날 결혼식 날짜까지 잡아버렸습니다.

찻집에서 나온 후 그녀와 저는 손을 잡고 밤길을 걸었습니다. 이제 결혼할 수 있을 것 같다는 예감이 들었습니다. 제가 그렇게 결혼을 서두른 것은 손자를 간절히 기다리는 아버지와 어머니의 소원을 빨리 들어드리고 싶었기 때문입니다. 고리타분하다 생각할지 모르지만 나이 많은 장남에게는 고민스러운 문제이기도 합니다. 그녀가 지금의 제 아내입니다. 제가 생각해둔 여섯 가지 기준 중 나이만 제외하고 나머지는 비슷하다고 착각하며 살고 있습니다.

결혼은 평생 서로에게 마음의 빚을 갚는 과정입니다

결혼식 날짜가 다가오고 있었습니다. 당시 저는 사법연수생이라 수입이 별로 없었습니다. 월급 60여만 원 중에서 이것저것 떼고 나면 30여만 원을 수령하던 시절입니다. 그래서 저 2천만 원, 아내 2천만 원씩 은행 대출을 받아 주상복합건물 3층에서 살림을 시작했습니다. 아내가 버는 돈으로 둘이서 살았습니다. 이듬해 첫째 아이가 태어났고요.

저는 개천에서 난 용이라 부모님과 동생들을 책임져야 했습니다. 1년 남짓 따로 살다가 아버지와 어머니, 출가하지 않은 동생들과 함께 살았습니다. 요즘 같은 시대에 말없이 따라주는 아내에게 미안했습니다. 아내와 많이 다투기도 했습니다. 부모님이나 동생들 편을 들 수도 없었고, 아내 편을 들 수도 없는 노릇이었습니다. 그후 동생 둘을 결혼시켰습니다.

저는 공부를 더 하고 싶은 마음에 야간대학원에 다녔습니다. 그러느라 생활비와 학비를 아내에게 의존하기도 했습니다. 대학원 공부를 한답시고 주말에도 집을 지키지 않았습니다. 또 인간관계에 신경을 쓴다는 핑계로 술 마시고 밤늦게 집에 들어오기 일쑤였습니다. 아내에게 부모님과 동생들을 맡겨버린 것이지요. 그런데 아내는 제 여동생의 등록금에 보태라고 하면서 돈을 내어주기까지 했습니다.

이렇게 살다보니 은행 채무만 늘어갔습니다. 은행에서 계속 돈을 빌려주는 게 그렇게 고마울 수가 없었습니다. 아내와 다투는 횟수도 늘어갔습니다. 아내는 제가 돈 모을 생각을 하지 않는다고 듣기 싫은 소리를 했습니다. 저는 은행에 진 빚보다 아내에게 더 큰 빚을 지게 되었습니다.

저는 때때로 영악한 짓을 하기도 했습니다. 아내에게 미안한 마음을 전해야 용서받을 수 있다고 생각한 것입니다. 그래서 만난 지 1주년이 되는 날, 장미 한 송이를 샀습니다. 그리고 "첫인상이 좋더니, 그후의 인상은 더 좋네"라는 글을 예쁜 엽서에 적어 장미 한 송이와 함께 식탁 위에 남겨두고 외출했습니다. 그날도 어김없이 밤늦게 술에 취해 돌아왔는데, 아내는 감격해서 울었다며 저를 따뜻한 눈으로 바라보았습니다. 저는 잔꾀로 아내의 환심을 산 것입니다.

그후로도 저는 가정일에 등한시하거나 부부싸움을 심하게 한 후에는 장미로 아내의 환심을 샀습니다. 평소에 잘해야 하는데 그것이 어려웠습니다. 아내에게 잘못하는 횟수가 늘어날수록 제가 보내야 하는 장미 송이도 늘어만 갔습니다. 그래서 100송이도 여러 번 보내게 되었습니다.

저는 아내에게 평생 동안 살아가면서 빚을 갚아야 합니다. 제 아내는 저에게 투자를 했습니다. 주식이나 부동산 투자보다 더 확실한 투자를 한 것입니다. 사람에 대한 투자, 그것도 함께 살아갈 사람에 대한 투자니까요.

천륜인 부모하고도 싸우고 함께 어린 시절을 보낸 사이좋은 형제도 다투며 살아가는 것이 인생입니다. 부부 사이의 관계도 마찬가지입니다. 만들어가는 것입니다. 다투면서 말입니다. 둘이 손을 잡고 같은 곳을 향하여 오순도순 얘기 나누면서 한 걸음씩 걸어가는 친구! 그들이 부부입니다.

살다보면 언젠가는 분명 더 나은 시절이 올 것이라고 생각합니다. 어렵던 시절도 이겨내며 살아왔기 때문입니다. 과거보다 조금씩 나아졌기에 앞으로는 더 나아질 것이라고 생각합니다.

둘이 손을 잡고 같은 곳을 향하여

오순도순 얘기 나누면서 한 걸음씩 걸어가는 친구!

그들이 부부입니다

제2장

만남과 관계,
홀로서기에 대하여

lateness life

저는 왜 항상 손해만 볼까요?

"선생님께 제 인간 됨됨이에 대한 상담을 하고 싶어 이렇게 메일을 드리게 되었습니다. 저는 열등감이 심하고 다른 사람에게 받은 상처를 잊지 못합니다. 스스로도 이런 제가 싫지만 바꾸려고 해도 잘 안됩니다. 이런 일로 전화드리기는 너무 죄송하고, 그렇다고 메일을 드리는 것도 예의가 없어 보이지만, 일단 교수님하고 얘기를 나누고 심한 것으로 판명되면 정신과에 가겠습니다. 새해부터 이런 일로 귀찮게 해드려 죄송합니다."

R은 자기학대가 심합니다. 다른 사람은 현실에 잘 적응하면서 살아가는데 자신은 현실성이 부족하고 어리숙해서 사람들에게 이용당하는 일이 많다고 합니다. 한마디로 언제나 손해만 본다는 것입니다. 자신이 남들처럼 영악하거나 약삭빠르지 못한 것을 자책

하는 것 같습니다.

또한 과거에 집착하는 일이 많습니다. 다른 사람에게 상처를 받으면 그것을 잊지 못하고 마음에 담아둬서 힘들다고 합니다. 예를 들면 중학교 때 자신을 왕따로 괴롭혔던 같은 반 아이를 대학 졸업반이 되었는데도 잊지 못하고 있습니다. 지금도 절대 용서할 수 없다는 생각에 사로잡혀 있어 잊을 수가 없답니다. 잊을 것은 빨리 잊어야 하는데 그러지 못해 괴롭기만 합니다.

그리고 평소에는 조용한데 술자리에서는 과격하게 행동하기도 합니다. 그래서 실수도 많이 했고, 사람들이 자신을 멀리하면 어쩌나 하는 걱정으로 자신을 괴롭힌답니다.

저는 R과 열등감에 대해 이야기를 나누었습니다. R의 열등감이 자기학대로 발전한 것 같아서입니다. 저는 먼저 제 열등감을 털어놓았고, 자기학대를 하는 사람은 R뿐이 아니라고 말했습니다. 그러자 R은 자신의 성장 배경을 들려주었습니다.

R은 초등학교 때 아버지가 돌아가시고 어렵게 자랐습니다. 어머니가 재혼하는 바람에 고모가 키워주었답니다. 고모 집에서 사촌들의 눈치를 보며 살았던 것이지요. 그러다보니 꼭 성공해야 한다는 강박관념이 생겼고, 그 강박관념이 자신을 억눌러서 스스로 학대하게 만든 것 같다고 합니다. 자신은 성공해야 하고, 그 성공을 위해서 방해가 되는 것은 모조리 싫고 미웠던 것입니다.

저는 생긴 그대로를 사랑하기로 했습니다

저는 30대 중반까지 제 외모도 성격도, 모든 것이 싫었습니다. 외모에 신경쓰는 10대 때는 키에 열등감이 있었습니다. 중학교 3학년 때까지 자라고 멈춘 키가 지금의 키입니다. 이러한 열등감이 군대시절 잘못 표출되어 허우대 멀쩡하고 키 큰 졸병들이 잘못하면 그냥 지나치지 못했습니다. 대학시절에도 키 크고 싱거운 후배를 보면 꼭 한마디씩 했습니다. 모두 다 제 자격지심이 문제였습니다.

또한 저는 아랫니와 윗니가 제대로 맞물리지 않는 부정교합입니다. 그걸 가지고 고등학교 때 한 친구가 저를 놀렸습니다. 애써 무시했지만 몹시 신경쓰였습니다. 아랫니가 가지런하지 못한 것이 부모님의 가난 때문이라고 원망도 했습니다. 돈 좀 있는 집 아이들은 수술로 교정한다는 것을 알고 있었거든요.

20대 때는 변덕이 심하고 충동적인 성격이 싫었습니다. 무엇을 결정하고 금방 후회하는 일이 많았고, 충동적인 성격 탓에 일을 저지르고는 꼭 후회했습니다. 또한 현실감각이 없고 너무 이상적인 것만 꿈꾸는 제 자신이 싫었습니다.

30대 초반에는 사람을 너무 쉽게 믿는 반면 생각이 유연하지 못하고 경직된데다가 극과 극을 달리는 극단적인 성격도 정말 싫었습니다. 감정의 기복이 너무 심하다는 생각에 저 자신에게 화를 내면서 주먹으로 머리를 때린 적도 있습니다.

이 모든 것이 열등감이 되어 자기학대의 원인이 되었습니다. 특히 외모나 성격에 대해서는 그렇게 낳아준 부모님을 원망했습니다. 지나고 보니 저는 정말 한심한 놈이었습니다.

30대 중반의 어느 날입니다. 그날도 혼자 소주 한잔 마시며 신세한탄을 하고 있었습니다. 그런데 갑자기 이런 생각이 들었습니다. '나 자신을 미워하고 싫어하는 것은 그만큼 스스로에 대한 기대가 크기 때문이 아닌가' 하고요.

스스로에 대한 기대가 크다는 것은 자기애에서 비롯된 것입니다. 그래서 저 자신에 대한 기대를 그만 내려놓기로 했습니다. 사실 더이상 기대할 것도 없다고 판단한 것입니다. '내가 왜 나를 학대하면서까지 죽고 싶다는 생각을 했을까?' '결국 내 뜻대로 되는 것이 없으니까 그런 것이 아닐까?' 게다가 죽고 싶은 이유도 스스로의 기대감에 미치지 못하기 때문이라는 생각이 들었습니다. 역설적이지만 저 자신을 사랑하니까 스스로를 학대하고 있었던 것입니다.

자신을 사랑하니까 폼나게 살고 싶었겠지요. 그런데 폼나게 살지 못하니까 죽고 싶다는 생각을 한 것입니다. 그래서 다시 생각해보기로 했습니다. '내가 나를 이렇게 사랑한다면 죽을 것이 아니라, 잘 살지는 못하더라도 생긴 대로라도 살아보자'고요.

사랑받는 멋진 인생을 추구합시다

지금까지 살면서 자기혐오증에 걸린 사람은 많이 봤어도 자신을 사랑한다는 사람은 별로 만나지 못했습니다. 하지만 중요한 것은 자신을 진정으로 사랑하는 것입니다. 조용하고 소심한 성격이라면 그런 나를 사랑하면 됩니다. 대범하고 말이 많다면 또 그런 나를 사랑하면 됩니다. 단점이 있다면 그저 조금씩 힘닿는 대로 고쳐나가면 되는 것이지요. 다른 이의 기대는 무시하기 바랍니다. 그러면 기대하는 사람이 줄어들어 마음이 편해집니다. 마음이 편하면 즐거워집니다.

또한 자신의 일을 사랑해야 합니다. 그것이 작은 일이라도 상관없습니다. 작은 일을 사랑해야 큰일도 사랑할 수 있습니다. 누군가 하찮은 일이라고 말한다면 그건 그 사람이 하찮은 사람이니까 그렇게 말하는 것입니다. 일을 해나가는 과정을 더 사랑하면 보다 좋은 열매를 맺는다고 합니다. 그러니 그 과정도 사랑할 일입니다. 일하는 과정에서 즐거움을 맛볼 수 있으니까 말입니다.

지금 하는 일이 원해서 하는 일이 아니더라도 그 일을 사랑하려고 노력해야 합니다. 꼭 좋아하는 일만 하면서 세상을 살아갈 수는 없으니까요. 지겨운 일이라도 사랑을 주면 그 일이 역으로 나를 좋아하게 될지도 모릅니다.

주위에 가까이 있는 사람들을 사랑하는 것이 좋습니다. 가정, 학교, 직장 등에서 우리가 만나는 사람들은 어찌 보면 이 세상에 와서 다 같이 고생하다 죽음이라는 목적지를 향해 동행하는 사람들입니다. 미워하고 증오하고 분노하는 감정은 자기 자신을 파괴할 뿐입니다. 자신을 위해서라도 주위 사람이나 남을 사랑하는 연습을 해야 합니다. 자신보다 어려운 사람을 사랑하는 마음도 필요

존경받기보다는 사랑받는 사람이 되어야 합니다

완벽을 추구하는 '결점 인생'보다 결점투성이인

지금의 모습에서 하나씩 더해가는 '가점 인생'이

더 멋진 모습일 것입니다

합니다. 따지고 보면 다른 사람을 사랑하는 것은 결국 '이타利他'가 아닌 '이기利己'를 위함입니다. 그것은 자신의 영혼이 아름답게 다듬어지는 일입니다.

존경받기보다는 사랑받는 사람이 되어야 합니다. 존경은 완벽함을 요구하는 말입니다. 완벽한 사람은 존경받을 만한 가치가 있겠지요. 하지만 완벽을 추구하는 '결점 인생'보다 결점투성이인 지금의 모습에서 하나씩 더하기 위해 노력하는 '가점 인생'이 더 멋있는 것 같습니다. 끈기 있게 노력하는 인생이 마무리도 멋지게 할 것이란 생각이 듭니다.

lateness life

그놈을 도저히 용서할 수가 없어요

"지나간 일이지만 과거의 좋지 않은 기억이 아직도 저를 괴롭힙니다. 도저히 용서할 수 없는 그놈 때문입니다. 며칠 전 찾아뵈었을 때 좋은 말씀 해주셔서 고마웠습니다. 하지만 아직도 잘 잊히지 않아서 괴롭습니다. 교수님께 못난 모습을 보인 것 같아 너무 송구스럽습니다. 교수님, 술 한잔 사주실 수 있는지요?"

T와 단둘이 소주를 한잔하게 되었습니다. T는 자신이 성공하면 손을 볼 놈이 꼭 한 놈 있다고 했습니다. T는 대학에 입학하자마자 한 여자 선배에게 첫눈에 반했습니다. 두 사람이 사랑하는 사이로 발전하는 데는 시간이 많이 걸렸습니다. 처음에 여자 선배는 T를 어린아이 취급했습니다. 하지만 T의 정성에 감복했는지, T의 사랑 고백과 용기를 높이 샀는지 마침내 둘은 연애를 하게 되었습

니다. 캠퍼스 커플이 된 것입니다. 그리고 결혼 약속까지 하게 되었습니다.

T는 대학을 졸업하고 외국으로 유학을 떠났습니다. 그래서 사랑하는 연인과 떨어지게 되었습니다. 떨어져 있는 기간이 길어지다보니 그녀가 보내오는 메일의 횟수도 줄어들게 되었고, 2년이 지나면서부터는 메일을 보내도 답장이 오지 않았습니다. T는 그녀의 마음이 변했다는 생각이 들었습니다. 아니나다를까 후배에게 전화해서 알아보니 그녀는 이미 다른 남자 선배를 만나 결혼을 앞두고 있다고 했습니다.

T는 곧바로 한국행 비행기에 몸을 실었습니다. 비행기 안에서 T는 그녀의 배신에 몸을 떨었습니다. 그녀와 함께했던 세월과 자신의 정성 어린 노력이 떠올라 눈물이 하염없이 흘러내렸습니다. 시간이 흘러 T도 마음을 잡고 살아가고 있을 때 그녀의 소식을 들었습니다. 그리고 도저히 용서할 수 없게 되었다고 했습니다.

그런데 T가 용서할 수 없는 사람은 자신이 사랑했던 여자가 아니었습니다. 저는 당연히 연인이었던 여자를 원망하는 것이려니 생각하며 그녀를 이해하고 용서하라고 말했습니다. 이런 일은 세상에 흔하다고 하면서 말입니다. 하지만 T가 분노한 대상은 그녀가 아닌 그녀의 남편이었습니다.

그는 결혼한 지 2년도 안 돼 다른 여자를 만났고, 결국 그녀와 이혼한 후에 다른 여자와 재혼을 했다고 합니다. T는 그 남자를 용서할 수 없다고 했습니다. 자신에게서 그녀를 빼앗아간 것으로도 모자라 아내를 배신하고 다른 여자와 결혼한 그를 도저히 용서할 수 없다는 것입니다. 잊으려고 해도 도저히 잊을 수 없다고 했습니다. 저 같아도 그 남자를 용서하지 못할 것 같았습니다. 하지만 저는 잊어버리라고 말했습니다. 용서하지 말고 잊으라고요. T를 위해서 말입니다.

용서받은 소년

제가 초등학교 5학년 때 일입니다. 조간신문인 한국일보를 배달한 지 며칠 되지 않은 어느 날 한 독자의 집에서 며칠째 신문이 들어오지 않았다며 보급소에 항의하는 일이 있었습니다. 분명히 신문을 넣었는데 이상한 일이었습니다. 보급소에서는 제게 정신 차리고 신문을 돌리라며 나무랐습니다.

우유나 다른 신문 배달원이 제가 넣은 신문을 빼간 것이 틀림없다는 의심이 들었습니다. 이후 그들을 경계하기 시작했습니다. 그러다보니 우유배달 아저씨가 저를 보고 알은척을 했을 때도 저는 아무 말도 없이 지나치곤 했습니다.

그런데 얼마 후부터 우유에 자꾸 시선이 갔습니다. 우유배달 아저씨는 끈으로 매단 배달주머니에 우유를 넣거나 대문 밑으로 우유를 밀어넣었습니다. 저는 대문 밑으로 보이는 우유를 볼 때마다 '손을 뻗기만 하면 저걸 꺼낼 수 있는데 한 번만 꺼내서 마셔볼까'와 '그럴 순 없어' 사이에서 갈등을 되풀이했습니다. 유혹에 무너져서는 안 된다고 거듭 결심하면서 그럭저럭 며칠이 지났습니다.

그런데 자꾸만 초코 우유가 눈에 아른거렸습니다.

제가 미리 염두에 둔 집 앞을 지날 때였습니다. 하필이면 그때 초코 우유가 눈에 확 들어왔습니다. 저는 멈춰서서 대문 밑으로 보이는 우유를 흘깃 쳐다보며 어떡할까 잠시 망설였습니다. 그 집은 골목길에서 좀 떨어진 외진 곳에 있었습니다. 저는 이전부터 그 집을 범행 장소로 물색해놓고 있었습니다. 우유를 훔치기로 작정한 날, 근처 구역의 신문배달을 마치고 다시 그 집 앞으로 되돌아왔습니다.

'그래, 딱 한 번만이다. 딱 한 번.' 마음을 독하게 먹고 벌렁거리는 가슴을 누르며 우유를 빼냈습니다. 그러고는 그곳을 빨리 벗어나기 위해 전속력으로 달렸습니다. 가능한 한 멀리 떨어진 안전한 곳에 다다랐을 무렵, 우유병의 비닐을 벗겨내고 종이 뚜껑 한쪽을 엄지손가락으로 쑥 밀었습니다. 초코 우유가 스며나왔습니다. 울렁거리는 가슴을 진정시키며 우유를 단번에 쉬지 않고 마셨습니다. 빈 우유병은 적당한 곳에 버렸습니다. 그러고는 아무 일도 없었던 것처럼 신문을 계속해서 돌렸습니다.

며칠이 지났습니다. 별다른 일이 없었습니다. 제가 우유를 몰래 마신 것을 아무도 모르는 듯해 안심했습니다. 정말 다행이었습니다. 이 한 번의 성공은 이후 저를 더 대담하게 만들었습니다. 처음의 각오와는 달리 우유 도둑질은 한 번으로 멈추지 않았고, 한 번 두 번 하다보니 셀 수 없을 만큼 여러 번 반복하고 말았습니다. 이제는 너무나 대담해졌습니다. 후회도 걱정도 들지 않았습니다.

어느 날 새벽, 신문을 대문 밑으로 밀어넣으려고 몸을 구부리자

대문 밑의 우유가 저를 유혹했습니다. 저도 모르게 본능처럼 유혹에 이끌렸습니다. 저를 보는 사람이 있나 주위를 두리번거리고는 우유를 잽싸게 빼내 속옷 속에 집어넣어 숨겼습니다. 정말 순식간에 일어난 일이었습니다. 그 순간 가슴이 콩콩 뛰기 시작했습니다. 그 근방을 빨리 벗어나기 위해 빠르게 달리면서 신문을 돌렸습니다. 그러고는 혹시 보는 사람이 있을지도 모른다는 두려움에 재빨리 우유를 마시고 빈병은 어느 집 대문 옆에 있는 쓰레기통 속으로 던져버렸습니다.

이제는 독자의 집 우유에까지 손을 댔습니다. 어찌 보면 그 집은 '믿는 도끼에 발등을 찍힌 꼴'이 되고 만 것입니다. 한 번도 걸리지 않았다는 것 때문에 저는 날이 갈수록 배짱이 두둑해졌습니다. 마치 제 것을 맡겨놓은 놈처럼 가끔씩 우유에 손을 댔습니다. 여전히 초코 우유만 보면 입에서 침이 돌고 정신이 없었습니다. 그래서 우유를 빼먹다가 들킬 염려가 없는 집을 여럿 물색해두었습니다. 점찍어둔 집 대문 앞으로 가면서 지나가는 사람이 있나 없나를 미리 살피고, 신문을 집어넣는 척하면서 집 안의 인기척을 자세히 살폈습니다. 그러고는 대문 밑으로 길고 둥글게 접은 신문을 넣어 우유병을 살살 끌어당겼습니다. 이제는 가슴도 별로 두근거리지 않았습니다.

어느 날 우유를 빼내고 그 근처에서 신문을 넣고 있을 때였습니다. "야, 인마. 너 이리 와봐." 고개를 돌려보니 우유배달 아저씨가 무서운 표정으로 저를 노려보고 있었습니다. 어찌나 놀랐는지 간이 떨어지는 줄 알았습니다. 저는 어찌할 줄 모르고 그냥 멍하니서 있었습니다. 그 아저씨가 제게로 다가왔습니다.

"이 자식아! 우유 이리 내놔!" 제가 우유 빼내는 것을 지켜보기라도 한 듯 아저씨는 제 호주머니를 가리키고 있었습니다. 우유배달 아저씨의 무서운 목소리에 저는 어쩔 줄 모르고 고개를 떨구고 말았습니다.

"우유가 자주 없어진다 했더니, 네놈 짓이었구나." 저는 현행범으로 체포되고 말았습니다. 고개를 푹 숙이고 숨을 죽였지만 가슴이 온통 쿵쿵 뛰며 등에서는 식은땀이 흥건하게 흘러내렸습니다. 제 옆에 누군가가 있었다면 심장 뛰는 소리를 들었을 것입니다. 도망치려고 좌우를 살폈지만 아저씨는 성큼 다가와 제 오른손을 꽉 잡았습니다. 잡힌 손을 빼내려고 손을 움직여보았지만 너무도 꽉 잡고 있어 저항할 수가 없었습니다.

저는 허둥지둥 발을 헛디디며 아저씨에게 질질 끌려갔습니다. 저도 모르게 고추가 간질간질하면서 오줌이 찔끔찔끔 새어나왔습니다. 윗니와 아랫니가 사정없이 부딪혀서 말도 할 수 없었습니다. 어디로 끌려가는지도 모르면서 저는 우유배달 아저씨의 손에서 벗어나보려고 버둥거렸습니다.

"자식, 떨고 있군. 가엾게시리." 제 귀에 우유배달 아저씨의 중얼거림이 들려왔습니다. 거칠게 저를 끌고 가던 아저씨는 갑자기 멈춰섰습니다. "이 자식아, 그렇게 자주 빼먹으면 어떡하냐, 응?"

무슨 말인가 해야 하는데 입안에서만 헛돌고 말이 되어 나오지 않았습니다. 잘못했다고 용서를 빌려고 해도 제 혀는 꽁꽁 얼어붙었고, 제 의지와 상관없이 이만 요란하게 부딪히고 있었습니다. 갑자기 멍청이가 되어버린 것 같았습니다.

아저씨는 잡았던 제 손목을 놓아주고는 어느 집 대문 앞 계단에 앉아 담배를 한 대 꺼내 물더니 불을 붙였습니다. 아저씨는 아무 말 없이 저를 물끄러미 쳐다보며 연달아 연기를 들이마시고 내뿜기만을 반복했습니다. 저는 그 앞에 고개를 푹 숙인 채 열중쉬어 자세를 취하고 서 있었습니다. 아저씨는 한참 동안 제게 이것저것을 물어봤습니다.

"꼬마야, 우리 사이좋게 지내자, 응? 우유 마시고 싶으면 아무 때나 말해. 그냥 줄게. 그대신 어떤 놈이 내가 넣은 우유를 빼가는지 봐주면 돼. 너, 초코 우유 좋아하지?"

저는 얼굴이 벌겋게 달아올랐습니다. 그동안 제가 빼먹었던 것이 달짝지근한 초코 우유였기 때문입니다. 아저씨는 저를 용서해주었습니다. 그후로 아저씨는 저만 보면 초코 우유를 공짜로 주었습니다. 물론 저도 다시는 몰래 우유를 빼먹지 않았습니다.

저는 우유를 상습적으로 훔쳐 마신 나쁜 아이였습니다. 아저씨가 용서해주었기에 망정이지 경찰에 넘겼으면 감옥에 갔을지도 모른다는 생각을 합니다. 초코 우유 사건은 제게 많은 것을 생각하게 했습니다. 지금도 아내와 장을 보러 가면 아내는 우유 코너 앞에서 '초코 우유' 하나를 권하며 저를 놀립니다.

나이가 들어 사회생활을 하면서 미워서 도저히 용서할 수 없는 사람이 있었습니다. '결코 용서하지 않겠다'고 생각한 적도 있습니다. 이런 감정이 저를 파괴하기 시작했습니다. 제 영혼과 정신이 증오심으로 병들어갔습니다. 증오심 때문에 아무 일도 못하고 시간을 보낸 적도 있습니다.

누구나 용서받아야 할 때가 있습니다

저는 지금까지 살아오면서 작은 일이건 큰일이건 다른 사람의 용서를 받은 적이 많습니다. 그래서 저도 다른 이들에게 관용을 베풀고 용서하며 살기로 했습니다.

물론 제게도 도저히 용서하고 싶지 않은 사람이 있었고, 언젠가 어떤 식으로든 그 사람을 혼내주려고도 생각했습니다. 그러나 그런 감정에 휘둘리게 되면 평상심을 잃고 증오심에 빠져 마음이 괴롭기만 합니다. 그래서 저 자신을 위해 잊어버리기로 했습니다.

회사생활을 하면서 임원들과의 마찰로 퇴사 압력을 받기도 했고, 기업과 관련된 여러 가지 암투로 인해 사람들에게 혐오감을 느끼기도 했습니다. 살다보면 미운 사람도 만나고 좋은 사람도 만나게 됩니다. 미운 사람을 만나면 때로는 증오를 넘어 살의까지 느끼는 일도 있을 것입니다. 그 감정을 억제하지 못하면 사건이 발생하게 되겠지요.

자기 자신도 싫고 미울 때가 있습니다. 잘못을 저질렀을 때 특히 그렇지요. 그런 자신을 용서하지 못해 괴로운 적은 없었습니까? 하물며 타인에게 관용을 베풀고 용서하기란 얼마나 어려운 일인지요. 성직자는 어떻게 미움과 증오를 다스리고, 항상 관용과 용서를 베풀며 살아가는지 물어보고 싶을 정도입니다.

저는 성직자도 아니고 인품이 출중한 사람도 아닙니다
하지만 먼저 용서하라는 말을 하고 싶습니다
세상을 살아가다보면 언젠가
나도 용서받아야 할 때가 있기 때문입니다

저는 성직자도 아니고 인품이 출중한 사람도 아닙니다. 하지만 먼저 용서하라는 말을 하고 싶습니다. 세상을 살아가다보면 언젠가 나도 용서받아야 할 때가 있기 때문입니다. 도저히 관용을 베풀고 용서할 수 없다면 그냥 잊어버리기 바랍니다. 먼 훗날 잊기를 잘했다는 생각이 반드시 들 것입니다.

lateness life

엄마가 아까부터 기다리고 있어요

"저희 회사 면접위원을 수락해주셔서 감사드립니다. 인성시험에 통과한 신입직원도 일을 시키다보면 결점이 많이 발견됩니다. 회사로서는 어떻게 신입사원을 뽑아야 할지 고민이 많습니다. 그래서 면접시험을 강화하고 있습니다. 이것은 우리 회사뿐만 아니라 많은 회사가 고민하는 문제입니다. 학교에서 자립심이나 책임감, 사회성을 교육해 사회에 내보낼 필요가 있는 것은 아닌가 하는 생각까지 듭니다."

언젠가 H그룹 신입직원 채용을 위한 면접을 담당한 적이 있습니다. 인사팀장 Y는 좋은 사람을 뽑아달라고 신신당부를 했습니다. 최근에는 회사에서 사람을 뽑을 때 면접을 매우 중요하게 여긴다고 했습니다. 그 이유는 '엄마 스펙'을 걸러내고 업무를 스스로 해나갈 수 있는 사람을 선발하기 위해서랍니다.

취업전쟁이 무척이나 치열합니다. 입사하려는 지원자들뿐만 아니라 채용하는 입장에서도 마찬가지입니다. 서류전형을 하고, 필기시험을 보고, 인적성검사를 하고, 면접을 두세 단계로 나누어 합니다. 이러한 절차를 거쳐 신입직원으로 뽑힌 사람도 회사생활에 적응하지 못해 중도 퇴사하는 일이 있습니다. 회사로서는 손실이 크기 때문에 이런 일을 방지할 필요가 있다는 것입니다.

Y팀장은 '엄마 스펙'이 생각보다 심각하다며 다음과 같은 이야기를 들려주었습니다. 면접을 치른 후 최종 합격자 발표를 남겨둔 상황이었습니다. 입사 지원자의 부모가 자식의 합격 여부를 확인하는 전화를 Y팀장에게 걸어왔습니다. 어떤 지원자의 엄마는 여섯 번이나 전화를 걸어 자식의 합격 여부를 확인했답니다. 푸념하듯 늘어놓는 Y팀장의 말에 저는 깜짝 놀랐습니다. 자식의 입사에 관심을 갖는 것이야 당연하겠지만 과하다고 생각한 것이지요.

연수를 마치고 회사에 배치된 신입직원들의 이야기는 더욱 놀라웠습니다. 신입직원 환영 회식이 있던 날, 시간은 밤 10시가 되어가고 있었습니다. 신입직원 한 명이 Y팀장에게 다가왔습니다.

"팀장님! 저 집에 가봐야 할 것 같습니다. 엄마가 지금 식당 밖에서 기다리고 계시거든요."

"식사 후에 노래방에서 단합대회를 하려고 하는데……"

"엄마가 아까부터 기다리고 있다고 문자를 보내셨어요."

Y팀장은 충격을 받았습니다. 회사가 학교나 학원도 아닌데 엄마가 데리러 오다니요. 그 신입직원의 스펙은 매우 화려했답니다. 외

국어고등학교를 졸업했고, 국내 명문대학교 학부를 졸업했으며, 미국 유수의 대학교에서 MBA 과정을 마친 청년입니다. 그런 청년이 이렇게 행동하리라고 누가 짐작할 수 있었겠어요?

스펙은 화려할지 모르지만 혼자 할 수 있는 게 그리 많지 않은 신입직원이 많다고 합니다. 조금만 어려운 일이 생겨도 참지 못하고, 자기 자신밖에 몰라서 단체생활에 적응하지 못하는 신입직원 때문에 골치가 아프답니다. 오로지 공부만 잘했지 사회성은 젬병인 셈이지요. Y팀장은 웃으면서 제게 말했습니다. “교수님! 학교에서 학생들 사회성 교육 좀 해서 사회에 내보내주세요.”

자립심은 자연스레 얻어지는 것은 아닙니다

제가 미국에서 연수할 때 있었던 일입니다. 아내는 커뮤니티 칼리지에 영어를 배우기 위해 나갔고, 저는 집에서 여섯 살짜리 딸아이와 ‘퍼즐 맞추기 놀이’를 하고 있었습니다. 그때 초인종이 울렸습니다. 문을 살짝 열었더니 아직 앳되어 보이는 히스패닉계 소년 두 명이 서 있었습니다.

“무슨 일이니?”

“저희는 이 근처 학교에 다니는 초등학생인데요. 신문을 구독해 주실 수 있을까요?”

둘 중 키가 작은 아이가 말했습니다.

“지금 너무 바빠서 너희들과 이야기 나눌 시간이 없구나. 기회가 되면 구독해줄 테니 나중에 들러라."

사실 그때 저는 그 아이들과 이야기 나누기가 귀찮았던 터라 대충 둘러댔습니다.

"그럼 나중에 들를게요. 안녕히 계세요."

공손히 인사를 한 후 두 소년은 돌아갔습니다. 며칠이 지났습니다. 마침 그날도 아내는 일이 있어 밖에 나갔습니다. 저는 마찬가지로 딸과 놀고 있었습니다. 초인종이 울려 문을 열었더니 며칠 전에 찾아왔던 소년 둘이 서 있었습니다.

"어쩐 일이니?"

"지난번에 나중에 다시 오면 신문을 구독해주겠다고 아저씨가 말했잖아요. 그래서 다시 찾아왔어요."

저는 내심 놀랐습니다. 처음에 신문을 봐달라고 찾아왔을 때는 귀찮아서 대충 둘러댔던 것이고, 다시 찾아오리라고는 생각지 않았기 때문입니다.

"내가 그랬구나. 잠시 기다려라."

저는 본의 아니게 거짓말한 것이 미안했습니다. 그래서 두 소년과 대화를 나눠보려고 딸아이를 데리고 집을 나섰습니다. 우리는 아파트 앞의 잘 꾸며진 잔디밭으로 걸어가서 앉았습니다.

"얘들아, 미안하구나. 지난번에 너희들이 찾아왔을 때 신문을 구독할 형편이 아니었단다. 그래서 다음에 다시 오라고 둘러대며 너희를 돌려보낸 거야. 우리 가족은 얼마 안 있으면 한국으로 돌아간단다. 그래서 신문을 볼 수가 없어."

입으로는 그렇게 말하면서도 한편으로는 아이들이 신문 구독을 요청하는 이유가 궁금했습니다. 제 인생 첫 직업이 신문배달이었으니까요.

"너희들은 신문을 배달하는 아이들이니?"

"아니요."

"그럼 왜 신문 구독을 권유하고 다니니?"

"저희가 다니는 학교에는 몇 가지 프로그램이 있는데요. 신문 구독을 권유하는 것도 그 프로그램의 하나예요. 신문 독자를 확보해가면 신문사에서 학교로 사례비를 보내주거든요. 이 사례비는 우리 실적이 되고, 학교에서는 이 돈을 빈민구호단체에 기부합니다."

아이들은 제법 진지하게 주차장에서 세차하는 과제 등 다양한 프로그램이 있다고 계속해서 설명했습니다.

"생판 모르는 집을 방문해서 신문 구독을 요청하기도 하지만, 그렇게 해서는 독자를 확보하기가 어려워요. 아는 집에서 구독해주는 경우가 대부분이에요."

학부형이 아이를 시켜 자신의 차를 닦게 하고 대신 수고비를 지불하는 프로그램도 있다고 했습니다. 이러한 과정을 통해 자립심을 키우고, '돈벌이의 어려움' 혹은 '일의 소중함'을 배우게 하는 것이 프로그램의 목적이라는 것이지요. 저는 그들의 속사정을 모르고 지키지도 못할 약속을 해버린 것을 두 소년에게 진심으로 사과했습니다.

제가 6학년 때입니다. 새벽에 비를 맞아서 그런지 몸이 떨리고 기침을 많이 했습니다. 수업 시간에 자꾸 기침이 나와 반 친구들과 선생님께 미안했습니다. 열이 너무 나고 몸이 떨려서 도저히 그냥 앉아 있을 수가 없었습니다. 마침 쉬는 시간을 알리는 종소리가 났습니다.

"선생님, 저 조퇴 좀 해야겠는데요. 몸이 너무 춥고 머리가 어지러워요."

"안 돼. 죽더라도 학교에서 죽으라고 그랬지. 조퇴를 하기 시작하면 습관이 된단 말이야. 양호실에 가서 누워 있어!"

정말 인정머리 없는 선생님이었습니다. 양호실에 가서 혼자 누워 있다가 잠이 들었습니다. 누군가가 저를 깨우고 있었습니다. 양호 선생님이었습니다. 수업을 마치는 종이 울렸으니 교실로 돌아가 보라는 것이었습니다. 교실로 가고 있는데 반장이 와서 선생님이 교무실로 불렀다는 말을 전했습니다. 저는 교무실로 향했습니다.

"많이 좋아졌나? 어디, 이마 좀 만져보자. 흠, 열이 좀 있구나. 집에 가서 푹 쉬면 금방 나을 거야. 요새 새벽에 신문 돌리고 오후에 수금하느라고 힘들지?"

"예?"

"젊었을 때 고생은 사서도 한다고 내가 그랬지. 너는 지금 그것을 실천하고 있는 거야. 고생을 하면서 자립심도 기를 수 있을 거야. 지금은 아직 어려서 잘 모르겠지만 선생님처럼 나이를 먹게 되면 잘 알게 될 거야. 힘들더라도 이겨내야 한다. 알았니?"

이제는 선생님의 이야기를 이해하게 되었습니다.

홀로서기를 익히면서 한 계단씩 올라가는 것이 인생입니다

여러 회사의 인사팀장들 말에 따르면, 요즘 신입사원은 독립의지가 약한 청년들이 많습니다. 어린 시절부터 '엄마가 만든 스펙'이 낳은 결과입니다. 많은 것을 엄마가 대신 해주고, 엄마가 돌봐주었기 때문입니다.

태어날 때부터 완벽한 사람은 없습니다. 인생은 기는 것에서 서는 것을 배우면서 시작됩니다. 넘어지고 쓰러지고 또 일어나고 하면서 자신의 삶을 부둥켜안고 살아가는 것이 인생인 것 같습니다. 때로는 웃기도 하고 울기도 하며, 때로는 기뻐하고 슬퍼하면서 말입니다.

유년기부터 사람은 홀로서기를 연습합니다. 아이가 태어나 엄마 젖을 빠는 것도 연습이 필요하다고 합니다. 그다음에는 기거나 앉는 게 아이의 목표가 되겠지요. 곧 걸음마 연습이 시작됩니다. 홀로서기를 연습하는 것이지요. 손을 잡아주면 아기는 쉽게 일어납니다. 손을 놓으면 한 발짝을 떼다가 넘어집니다. 이러기를 반복합니다. 조금 시간이 지나면 가까스로 혼자 일어서기도 합니다. 한 발짝 두 발짝 걷기도 합니다. 넘어집니다, 일어섭니다, 다시 넘어집니다. 넘어지면 울기도 합니다. 무릎이 멍들기도 하고 이마가 깨지기도 합니다.

"일어서! 옳지! 잘했어. 하나 둘, 하나 둘, 옳지! 잘한다! 조심! 조심! 울지 마! 괜찮아! 다시 한번 해보자. 천천히, 천천히, 하나 둘, 하나 둘, 잘했어!"

누구나 걸음마를 배우던 때가 있습니다

그때는 서두르지 않았습니다

천천히 아주 천천히 걸음을 뗐습니다

그렇게 우리는 혼자 걷게 되었습니다

아이가 자라면서 조금씩 걷기 시작합니다. 아이의 손을 잡고 길을 갑니다. 옷을 입고 벗는 것을 대신 해줍니다. 먹는 것도 도와줍니다. 하지만 곧 아이는 혼자 숟가락질을 하기 시작합니다.

어느덧 아이는 자라서 초등학교에 들어갑니다. 제가 아이를 보호하고 아이는 저를 의지합니다. 아이는 자라면서 중학생이 되고 고등학생이 됩니다. 아이는 점차 혼자 계획도 세우고, 무엇이든 혼자 하려고 합니다. 하지만 아직 어설픕니다. 10대 후반으로 가면서 자립심이 강한 아이들은 이것저것 혼자 잘합니다. 하지만 누군가에게 의지하지 않으면 제대로 할 수 있는 것이 많지 않습니다.

스물이 넘어 청년기로 접어듭니다. 홀로서기를 본격적으로 연습하는 시기입니다. 자꾸 넘어지더라도 자립해야 합니다. 서른이 넘어 장년기에 들어서면 부모의 품을 떠나 결혼해서 독립합니다. 가정을 가진 가장이 됩니다. 이제 어렵고 힘들어도 홀로 서야 합니다.

나이가 어려도 정신적으로 빨리 서는 자립심 강한 사람이 있습니다. 또 경제적으로 빨리 자립하는 사람도 있습니다. 이들은 자립정신과 책임감이 강하고 자기 신뢰감도 큽니다. 그런데 나이를 아무리 많이 먹어도 이게 잘 안 되는 사람도 있습니다.

사람마다 다른 환경이 홀로서기를 도와주기도 하고 방해하기도 합니다. 나이가 들면 누구나 홀로 서야만 하지만 결코 쉬운 일은 아닙니다.

이제는 "일어서봐! 옳지, 잘했어"라고 하면서 손을 잡아줄 사람이 없습니다. "하나 둘" 하면서 길잡이를 해줄 사람도 없고, "잘한다" 하고 칭찬해줄 사람도 없습니다. "울지 마, 괜찮아" 하면서 위로해줄 사람도 없고, "다시 한번 해보자. 천천히" 하면서 격려해줄 사람도 없습니다. 스스로 혼자 서야만 하는 것입니다.

저는 지금도 홀로 섰는지 자신이 없습니다. 서른 살이 넘어 가까스로 홀로서기를 하면서 많이 괴로웠습니다. 서정윤의 시집 『홀로서기』를 읽으면서 절규했습니다. "홀로 선다는 건 가슴을 치며 우는 것보다 더 어렵다"라는 말이 실감났습니다.

"누군가를 열심히 갈구해도 아무도 나의 가슴을 채워줄 수 없고, 결국은 홀로 살아간다는 걸 한겨울의 눈발처럼 만났을 때, 나는 또다시 쓰러져 있었다"라는 구절에선 인생은 그런 거구나 하면서 위안을 받았습니다. "그 끝없는 고독과의 투쟁을 혼자의 힘으로 견디어야 한다. 부리에, 발톱에 피가 맺혀도 아무도 도와주지 않는다"라는 구절을 읽고는 홀로서기로 맹세했습니다.

누구나 한 걸음 한 걸음 걸음마를 배우던 때가 있었습니다. 그때는 서두르지 않았습니다. 쉬지도 않았습니다. 천천히 아주 천천히 걸음을 떼기 시작했습니다. 마침내 다리에 근육이 생기면서 혼자 걸을 수 있게 되었습니다.

인생이란 계단의 연속이라 하지 않습니까. 묵묵히 한 걸음 한 걸음 홀로서기를 익히면서 생의 계단을 올라가야 합니다. 인생은 죽을 때까지 홀로서기를 익히다가 저세상으로 가는 것인지도 모르겠습니다.

교수님을 만나뵙고 싶습니다

"저는 영문과 졸업생인 XX학번 O라고 합니다. 현재 A보험사에 근무하고 있습니다. 제 업무는 '임원배상책임보험D&O Insurance'에 관한 영업입니다. 교수님이 쓰신 칼럼 '사외이사도 소송당한다'를 읽고 메일을 드립니다. 사외이사에 대한 경험이 많으신 것 같아 한번 찾아뵙고 이야기를 듣고 싶습니다. 며칠 주저하다가 용기를 냈습니다. 불쾌하셨다면 용서하시기 바랍니다. 기대 반 두려움 반으로 연락 기다리겠습니다."

어느 날 오후 퇴근하기 전 이메일을 열어보았습니다. '교수님을 만나뵙고 싶습니다'라는 제목의 메일 한 통이 있었습니다. 보낸 사람의 이름은 Jennifer Oh라고 되어 있었습니다. 보자마자 스팸메일이라는 생각이 들었습니다. 완전삭제를 클릭하려는 순간 문득 아닐 수도 있다는 생각이 들어 메일을 열어봤습니다.

메일에는 회사 전화번호와 휴대전화 번호가 적혀 있었습니다. 저는 메일을 보낸 O라는 사람이 누구인지 전혀 모릅니다. 전에 만난 적이 없기 때문입니다. 또 이 사람은 제 수업을 들은 적도 없습니다. 제가 학교에 오기 전에 졸업한 사람이기 때문입니다. 저는 바로 그 자리에서 O라는 여성에게 전화를 걸었습니다.

"저는 서강대학의 이상복이라는 사람입니다. 기대하셔도 좋습니다."

보낸 사람의 메일 끝에 기대 반 두려움 반으로 연락을 기다린다고 해서 제가 한 말입니다. 전화를 받은 상대방의 목소리가 가늘게 떨리고 있었습니다. 제가 연락하리라고는 기대하지 않았던 눈치였습니다. 우리는 다음주에 만날 것을 약속했습니다. O가 학교로 찾아오기로 했습니다.

그녀는 케이크를 사들고 왔습니다. 우리는 교내 커피숍으로 갔습니다. O는 수줍어하면서 시간을 내주어 고맙다고 말했습니다. 커피를 마시면서 두어 시간 동안 저는 그녀가 궁금해하는 것을 말해주었습니다. 저는 그녀의 정성이 갸륵해서 그 자리에서 제가 아는 기업의 한 임원에게 전화를 걸었습니다.

"김상무님 회사는 아직 임원배상책임보험에 안 들었지요? 지금 제 앞에 지적인 미모의 한 여성이 앉아 있습니다. 서강대를 나온 재원인데, 보험 좀 들어주세요. 김상무님께 연락드리라고 하겠습니다."

마치 제가 가르쳤던 제자인 것처럼 그녀를 소개했습니다. 제 앞에 앉아 있던 그녀의 얼굴은 붉어져 있었습니다. 영업하기가 어려운 가운데 용기를 내어 저를 찾아온 사람에게 제가 보인 성의 표시였습니다. 나중에 O가 전화를 해왔습니다. 제가 소개해준 회사가 보험에 가입했다는 것입니다.

잊지 못할 선생님

저는 O를 직접 가르친 선생은 아닙니다. 하지만 선생이라는 게 태어날 때부터 정해져 있는 것도 아니고, 또 학창시절에 만난 사람만 선생인 것도 아니지 않습니까. 제게는 초등학교 때부터 고등학교 때까지 잊지 못할 선생님이 많이 계십니다. 그런데 유독 기억에 남는 분은 대학을 졸업하고 고시공부를 할 때 만난 학원 원장님입니다.

고시공부를 한 지도 여러 해, 30대 중반에 접어들면서 저는 고시 낭인이 되어 있었습니다. 새벽에 어머니가 싸주시는 도시락을 가방에 챙겨넣고 서울의 각 대학교 도서관과 서초동의 국립중앙도서관, 대방동의 보라매공원 도서관을 전전했습니다. 호주머니에 차비밖에 없을 때도 있었습니다. 공부할 돈을 조달해야 했습니다. 하지만 공부와 돈벌이를 병행하는 것은 쉬운 일이 아니었습니다.

처음 1차에 합격한 후, 2차 합격에는 신림동의 H학원이 용하다는 소문을 들었습니다. 하지만 학원비가 부담되었던 제게 H학원은 그림의 떡이나 마찬가지였습니다. 그런데 2차 시험에 여러 번

고배를 마시게 되자 나중엔 결국 신림동 학원을 찾아가게 되더군요. 머리가 단순해서 그런지 객관식은 어떻게든 혼자 공부할 수 있었는데, 주관식은 잘 되지 않았습니다.

어쨌든 1차 합격 이후 신림동 고시촌에 들어가기 위해 고시원비와 학원비를 마련해야 했습니다. 여기저기 알아보았지만 돈을 준비할 수 없었던 저는 다시 여러 도서관을 전전하면서 공부했습니다. 그 이유는 한 도서관에서 공부하면 누군가와 친해지게 되고, 그러면 서로 외로운 처지라 신세 한탄하면서 술 한잔 마시게 되고, 결국 이게 독이 되어 굳게 다잡았던 마음이 무너지기 쉽기 때문이었습니다.

2차 시험을 3개월 남겨놓고, 이런 식으로 공부해서는 이번에도 불합격할 것 같은 불안감과 초조함이 몰려왔습니다. 저는 용기를 내기로 했습니다. 아니, 깡다구를 부려보기로 했습니다. 모르는 사람일지라도 무작정 찾아가 도움을 청하는 것인데, 제가 잘 되면 꼭 은혜를 갚겠다고 사정하는 것입니다.

저는 2차 합격생을 많이 배출한 신림동의 H학원에서 강의를 들어보고 싶었습니다. 그래서 원장 선생님을 만나 제 자신의 장래를 '담보'로 사정을 해보기로 했습니다. 학원에 전화를 걸었습니다. 무작정 P원장님을 바꿔달라고 했습니다. 여직원이 누구냐고 물었습니다. 원장님 후배라고 둘러댔습니다.

원장님과 통화를 했습니다. 2차 시험을 준비하는 가난한 고시생인데 도움이 절실히 필요하다고 말했습니다. 학원비를 내지 않고 공부할 수 있는 기회를 주시면 평생 살아가면서 은혜를 갚겠다고 떨리는 목소리로 부탁드렸습니다. 원장님은 크게 웃으며 다음날 만나자고 했습니다. 다음날 이것저것 묻던 원장님은 3개월 치 학원비를 외상으로 해주겠다고 말했습니다. 언젠가는 꼭 갚아야 한다고 말입니다. 키가 작고 남루한 차림의 제 모습에 동정심이 생긴 듯했습니다. 가슴속에서 무엇인가 뜨거운 기운이 일어났습니다. 저는 그해 2차 시험을 치른 후 원장님의 말씀대로 신림동 고시학원에서 강사로 일하며 외상값을 갚기 시작했습니다.

원장님은 제게 "무슨 일을 하든지 정성을 다해라" 하고 말씀해 주셨습니다. 원장님의 그 말씀이 지금도 제 안에서 살아 숨쉬고 있습니다.

만남에도 용기와 성의가 필요합니다

일면식도 없는 제게 메일을 보낸 O라는 여성을 흔쾌히 만난 것은 과거의 저와 현재의 저를 O라는 여성에게서 보았기 때문입니다. 저는 누군가를 만나고 싶을 때 그를 알고 있는 사람에게 연락해 그 사람을 소개해달라고 합니다. 그래서 소개를 받으면 좋고, 그렇지 않으면 제가 이메일을 직접 보냅니다. 이렇게 하는 데는 작은 용기가 필요합니다. 또 성의 있게 이메일을 써야 합니다. 엉터리로 보인다면 저를 만나주지 않을 것이기 때문입니다. 또 상대방을 만났을 때도 성의 있는 사람으로, 솔직한 사람으로 보이기 위해 최선을 다해야 합니다. 상대방은 바쁜 시간을 나눠 나를 만나

주는 것이기 때문입니다. 누군가 왜 그렇게 무모한 행동을 하느냐고 묻는다면, 저는 이렇게 대답할 것입니다. "만남을 통해 제 인생이 만들어지기 때문입니다."

모든 것은 만남에서 시작됩니다. 부모를 만났고 형제를 만났습니다. 친구와 선후배, 동료를 비롯해 배우자를 만났습니다. 그 만남이 인생을 바꾸어놓았습니다.

우리는 좋은 인연을 만나야 합니다. 만나는 사람으로부터 무엇인가를 배울 수 있으니까요. 특히 그 사람의 경험과 경륜을 배울 수 있습니다. 인생은 연습 게임이 아닙니다. 바로 본 게임입니다. 경험이 있는 사람은 나이를 떠나 모두가 선생님입니다. 사람의 연륜에는 삶의 지혜가 굴곡진 나이테로 새겨져 있다고 합니다. 그러니까 사람을 만나 배우고 느끼면서 자신을 만들어갈 수 있는 것입니다. 그 사람이 꼭 멘토일 필요는 없습니다. 그리고 많이 배우고 사회적인 지위가 높은 사람만이 멘토가 된다고 생각하는 것도 잘못입니다. 배울 점이 있으면 모두 멘토입니다.

약삭빠르고 저만 아는 사람으로 보이는 것 같아요

"취업하고 인사드리지도 못했는데 먼저 메일 주셔서 고맙습니다. 학교생활을 하면서도 대인관계로 고민했는데, 직장생활을 하다보니 더 어렵고 힘들다는 생각이 듭니다. 저는 너무 약삭빠르고 제 이익만 챙기는 사람으로 보이는 것 같아 걱정입니다. 며칠 전 한 모임에 나갔다가 '다음부터는 모임에 나오지 말라'는 충격적인 말을 들었습니다. 그 말이 마음에 걸려 그날 밤을 뜬눈으로 새웠습니다."

H는 똑똑하고 유능한 청년입니다. 지금은 좋은 직장에 자리잡아 생활하고 있습니다. 그런데 이러한 H에게 고민이 하나 있습니다. 명문대학을 졸업하지 못했다는 열등감입니다. 제가 보기에 H가 명문대학을 졸업한 것은 분명한데, H는 자신이 졸업한 학교보

다 더 명문이라고 불리는 학교가 있으니, 자신은 명문대학을 나온 게 아니라는 생각을 하고 있었습니다.

그래서 H는 학창시절부터 모임에도 잘 나가지 않고 오직 공부만 했습니다. 좋은 성적을 유지하는 것이 일생의 목표였던 것입니다. 그리고 학점 취득을 위해서 필요하면 주위의 친구들에게 얌체 짓을 하기도 했습니다. 평소에는 잘 어울리지 않다가 시험 때만 되면 공부를 잘할 것 같은 아이들에게 접근해 시험 정보 같은 것을 '공짜'로 얻는 것입니다. 그랬더니 친구들이 자신을 얄미운 존재로 인식하고 있더랍니다.

사회에 나와서도 비슷했다고 합니다. 자신에게 도움이 될 것 같은 모임에만 나가고, 또 도움을 줄 만한 사람만 가려 만나려고 했습니다. 그런데 누가 도움을 줄 수 있는 사람인지는 알기 어려운 것 아닙니까? 그래서 H는 모임에 오라는 연락을 받으면, 거기에 누구 누구가 오느냐고 묻는 것이 버릇이 되었습니다. 그러다보니 선배나 동료에게 찍힌 것이지요. 너무나 이해타산에 밝은 사람이라고 말입니다.

H는 계속해서 사람을 가려서 만났고, 모임도 자신에게 이득이 될 만한 곳에만 나갔습니다. 자신에 대한 주위의 시선을 정확히 알게 된 것은 최근의 일입니다. 처음에는 다들 자신처럼 살지 않나 하고 생각했답니다. 그런데 어느 모임에 이름만 올려두고 나가지 않다가 문득 꼭 필요한 모임이라는 생각이 들어 나가게 되었는데, 그 모임의 총무라는 사람이 술에 취해 하는 말이 "당신은 머리가 얼마나 좋은지는 모르겠지만, 모든 것을 산술적으로 생각한

다는 소문이 났더군. 당신은 문제가 많아!"라고 하며 다음부터는 모임에 나오지 말라고 했답니다. H는 충격을 받았습니다.

사실 H는 제가 봐도 약간 얍체로 보였습니다. 그런데 H가 하는 말을 들으니, 그의 솔직한 태도는 좋은 점이라는 생각이 들었습니다. 이제 알았으니 다음부터는 그러지 않으면, 가짜가 아닌 진짜가 되면 되니까 말입니다.

사람들은 가짜가 아닌 진짜를 원합니다

인간관계가 어디 그리 쉬운가요? 저도 사회생활 초년병 시절부터 느낀 것이지만, 정말 어려운 게 사람 사이의 관계인 것 같습니다. 살아가는 동안 항상 고민하고 부딪히는 문제겠지요. 어떤 사람은 사람을 만나면 긴장부터 하게 된다고 합니다. 또 어떤 사람은 자기 자신이 너무 약삭빠르고 제 이익만 챙기는 사람으로 보이는 것 같아 걱정이라고 합니다. 저는 사람관계의 기본 조건은 '진정성'과 '신뢰' 그리고 '작은 미소'라고 생각합니다. 사람들은 진짜를 원하지, 가짜를 원하지 않습니다.

제가 아는 K라는 분이 있습니다. 이분은 항상 잔잔한 미소를 머금고 있었습니다. 한때는 세칭 '잘나가는 분'이었습니다. 그런데 이분이 잘나가던 자리에서 내려오자 불나방처럼 모여들었던 사람들은 하나둘 주위를 떠났습니다. 상황이 바뀌니 불나방들은 이분을 쓸모없는 사람으로 생각한 것이겠지요. 하지만 이분의 진정성과 신뢰, 작은 미소를 사랑하던 사람들은 그대로 남아 있었습니다. 지금은 세상을 떠나고 안 계시지만 그를 그리워하는 사람들은 아직도 많습니다. 상대방에게 속마음을 보여주는 것, 좋은 행동을 보여주는 것에는 진정성이 있어야 합니다. 가식으로는 어려운 일입니다. 제가 아는 K라는 분은 진짜였습니다.

사람을 진심으로 대하는 것과 가식으로 대하는 것을 처음부터 구별하기란 어렵습니다. 하지만 그 사람이 진정으로 따뜻하고 배려가 있는 사람인지, 사탕발림으로 입에 바른 소리만 하는 것인지는 만남이 거듭될수록 느껴집니다. 말이 아닌 태도가 더 많은 것을 드러내기 때문입니다.

제가 만나는 분 중에서 S라는 분이 있습니다. 둘째가라면 서러울 만큼 바쁜 분임에도 급히 연락할 일이 있어 문자를 드리면 언제나 회신이 옵니다. 상의할 일이 있다고 말하면 점심과 저녁은 약속이 있으니 아침 식사를 하자는 말을 하거나 회사로 찾아오라고 말씀하십니다. 제가 상의한 일에 도움을 주지 않았는데도 진심을 다해 들어주고 조언을 해주는 모습에서 위로를 받습니다. 마음과 마음이 통하는 것이겠지요.

이와 반대로 A라는 분도 있습니다. 이분은 만날 때면 항상 반갑게, 다정하게 저를 대해주십니다. 주위에 함께 있는 분들에게도 과하다 싶게 저를 칭찬하시지요. 도움이 필요하면 언제든지 연락을 하라는 말씀도 빼놓지 않고 하십니다. 하지만 개인적으로 급한 일이 생겨서 연락을 드리면 전화를 받지 않거나 문자를 남겨도 연락이 없습니다. 어쩌다 연락이 되면 바빠서 만날 수 없다고 하거나 아주 귀찮아 하는 목소리가 들려옵니다. 실제로 개인적인 만남을 가져도 부담스러워 상의할 일을 말도 하지 못하고 헤어지게 됩니다. 웃으며 이야기는 하고 있지만 정작 속마음이 아닌 겉마음으로만 대하기 때문입니다. 상대방을 배려하는 마음은 태도로 드러납니다. 마음은 감출 수 있지만 태도는 감출 수 없습니다.

머리가 아닌 태도가 자신을 지키는 무기입니다

사람을 자기 편으로 끌어들이는 능력은 진짜 중요한 자산입니다. 다른 어떤 것보다도 말입니다. 그 능력은 진정성과 신뢰, 작은 미소에서 나온다고 생각합니다. 이것들이 사람의 태도를 결정짓습니다.

저는 머리가 좋은 편이 아닙니다. 아이큐가 103이니까요. 어린 시절에는 머리가 좋지 않다는 이유로 부모를 원망했습니다. 저는 어릴 때 나쁜 것은 모두 부모 탓으로 돌리는 버릇이 있었습니다. 어른이 되어서야 그것이 정말 못된 버릇임을 알았습니다.

머리가 나쁘다는 생각에 사회생활을 하면서 머리를 굴려 대응하는 데에는 자신이 없었습니다. 머리를 굴리다가 제 꾀에 제가 넘어간 적이 많았기 때문입니다. 그래서 좋은 태도로 가능하면 솔직하게 사람을 대하기로 했습니다. 사실 터놓고 보면 그리 비밀로 감출 일도 많지 않았습니다. 살아가는 방식이나 생각하는 법은 비슷한 것이 많기 때문입니다. 말도, 행동도 솔직하게 하려고 했습니

진짜와 가짜를 구별하는 것은 어렵습니다
하지만 진심어린 말과 태도는
무엇이 진짜인지를 가늠하는 기준이 됩니다

다. 제 모습을 있는 그대로 보여주려고 한 것입니다. 또 제게 도움을 요청하는 사람이 있으면, 기꺼이 도와주었습니다.

말이나 행동이 멋진 사람을 보면 저도 그렇게 닮으려고 노력했고, 반대로 솔직하지 못하고 위선적인 사람을 만나면 저는 그러지 말아야지 하고 다짐했습니다.

사회생활도 그렇지만, 학교에서 학생들을 가르치다보니 느끼는 것이 많습니다. 어떤 학생을 보면 머리는 비상하고 영리한 것 같은데 왠지 깍쟁이, 얌체인 것 같다는 생각이 듭니다. 아직 어려서 그렇겠지 하고 이해를 해주고도 싶지만, 동시에 앞으로는 좀더 묵직한 태도를 가지면 어떨까 하는 생각도 합니다. 맨정신에는 말해주기가 어려워서 술자리를 하게 되면 살짝 이야기해줍니다. 저는 사회성도 가르쳐야 하는 선생이니까 말입니다.

머리로 세상을 살아가는 것보다 태도로 살아가는 것이 더 좋은 방법입니다. 자신의 태도를 잘 다듬는 것이 진짜 공부라고 생각합니다.

lateness life

친구관계가 겉도는 것 같아요

"저는 항상 혼자입니다. 누가 제게 먼저 말을 걸어오기 전에 제가 먼저 말을 거는 경우는 거의 없습니다. 무엇을 물어보려고 할 때는 저보다 못난 것 같은 사람에게만 묻습니다. 저보다 잘난 사람에게는 위축이 돼서 먼저 말을 걸지 못합니다. 친구관계가 좋아야 사회에서 성공할 수 있다고 하는데 걱정이 앞섭니다."

B는 지방에서 고등학교를 졸업하고 서울로 올라온 학생입니다. 고등학교에 다닐 때는 그런대로 친구관계가 좋았습니다. 친구가 많은 것은 아니었지만 마음이 통하는 친구 몇 명은 있었습니다. 하지만 대학에 들어와서는 친구관계가 그리 원만하지 못한 것 같다는 생각에 우울합니다. 친구관계가 좋아야 성공한다는 선배들의 말을 들었기 때문입니다.

1학년 때는 동아리에도 가입하고 학과 모임에도 참석했습니다. 하지만 지방 출신에 그리 넉넉하지 못한 가정형편 때문에, 서울 아이들과는 사고방식이나 생활양식이 달라서, 외향적이지 못한 성격 때문에, 친구관계가 겉도는 것 같았습니다.

무슨 말을 먼저 꺼낸 적도 없고, 자기 의견을 적극적으로 주장한 적도 없습니다. 그저 자신도 모르게 남의 말에 맞장구나 치는 사람이 되어 있었습니다. 어쩌다 자신의 생각을 말하려 하다가도 다른 아이들이 우습게 보지나 않을까 하는 생각에 그만둔 적도 많습니다. 고향 친구나 선배를 만나면 마음이 편한데, 학교 친구들은 이상하게 마음이 편하지 않았습니다.

3학년 때까지 마음에 맞는 친구 한 명 사귀지 못했습니다. 속마음을 터놓고 상의를 하거나 술 한잔할 친구가 없었습니다. 서울 아이들은 서울 아이들끼리, 지방 아이들은 또 그들끼리, 서울 아이들 중에서도 강남 출신, 외고 출신…… 다 끼리끼리 어울리는 것 같다는 편견도 생겼습니다. 인간관계가 중요하다는 생각에 필요한 사람들만 골라서 사귀려는 자신을 발견하고는 죄책감에 사로잡힌 적도 있습니다. 그런데 B가 필요하다고 생각한 아이들은 B를 필요하다고 생각하지 않았습니다. 그래서 동아리 활동도 그만두었습니다.

전역 후에 복학을 했습니다. 그후에는 조금 더 적극적으로 친구 만들기에 나섰지만, 입대 전과 마찬가지로 자신에게 필요할지도 모르는 선후배나 친구를 찾고 있는 자신을 발견했습니다. 복학생이 대부분 그러하듯 B는 어느새 좋은 친구관계보다는 피상적인 친구관계, '사무적인' 친구관계를 맺고 있었습니다.

B는 스스로 사회성이 너무 없다는 생각에 취업한 후의 사회생활도 걱정되었습니다. 그래서 사회성 치료를 받아보려는 생각을 하게 되었습니다.

내 인생을 바꾼 친구

초등학교 1학년 겨울방학에 일곱 살 숙이와 다섯 살 순이가 폐렴으로 세상을 떠났습니다. 여동생들의 죽음을 지켜본 저는 점점 폐쇄적인 소년이 되어갔습니다. 학교에서나 동네에서나 다른 아이들과 어울리지 못하고 늘 혼사였습니다. 학년이 올라가면서 싸움질을 일삼고, 남의 물건에 손을 대고, 집에서 돈을 훔쳐다가 군것질을 했습니다.

5학년 때는 새벽에 신문배달을 하기 시작했습니다. 이 일을 하면서 고등학생 형들을 따라다니다보니 담배와 술을 일찍 배웠습니다. 이성에도 빨리 눈을 떴습니다. 뒷골목이나 신문보급소 옥상에서 담배를 피워물었습니다. 밤에는 동시상영관이나 만화방에서 성인영화나 만화에 빠져 살았습니다.

저는 초등학교만 졸업하고 돈을 벌어야 했습니다. 하지만 제가 벌어서 다니겠다고 우겨서 겨우 중학교에 진학했습니다. 남녀공학에 다니던 제게 사춘기가 빨리 찾아왔습니다. 가난이 창피하게 느껴져 더욱 폐쇄적인 성격이 되었습니다. 지긋지긋한 가난에 대한 열등감으로 저는 침몰해가고 있었습니다. 열등감이 유달리 많았던 저는 자존심도 무척 강했습니다. 누군가가 건들기만 하면 한방 날려주고 싶은 마음이 넘쳐나고 있었습니다. 학교에서 웃고 장난치는 아이들을 보면 그렇게 미울 수가 없었습니다. 반 친구들을 보면서 부모 잘 만나 호강하는 놈들이라는 생각이 팽배했습니다. 부모님 원망도 했고, 세상 원망도 했으며, 하느님 원망도 했습니다. 왜 저를 이토록 가난한 집에서 태어나게 했느냐고 하면서 말입니다. 저는 자신에 대한 미움과 세상에 대한 증오심으로 스스로를 파괴하고 있었습니다. 이때 우연히 한 친구가 다가왔습니다.

중학교 1학년 어느 가을날 국어 시간이었습니다. 국어 선생님은 미모의 여선생님이라 아이들에게 인기가 좋았습니다. 선생님은 무엇인가를 열심히 설명하고 있었습니다. 저는 학습 내용에는 흥미가 없어 딴전을 피우고 있었는데 제 귀에 선생님의 질문이 들려왔습니다.

"부모님께 효성이 지극했던 조선시대 중기 사람인데, 그가 쓴 시조가 굉장히 유명하지. 부모님이 살아 계실 때 잘하라는 내용을 담고 있어. 이분이 누구인지 아는 사람은 말해봐."

아무도 대답하는 사람이 없었습니다. 평소 국어 시간에 설치던 경현이도 답을 모르는지 말하지 못했습니다. 저는 선생님이 묻는 사람과 그 시조를 알고 있었습니다. 누이동생 둘이 세상을 떠난 후 불쌍한 부모님께 잘하겠다고 마음먹은 적이 있었는데, 신문보급소에 비치된 어떤 책을 보다가 그 시조를 발견하고 지은이와 시조를 외워두었던 것입니다.

선생님이 또다시 물었지만 대답하는 아이는 없었습니다. 제가 “노계 박인로의 「조홍시가」요” 하고 말했습니다. 손도 들지 않고 아주 작은 소리로 말입니다. 손을 들고 말할 자신이 없었기 때문입니다. 틀리면 어쩌나 하는 두려움이 앞섰다고 해야 옳습니다. 공부도 못하는 놈이 주제넘게 나섰다가 망신만 당할 것 같았으니까요.

반 아이들은 동시에 “와!” 하고 괴성을 질렀습니다. 제가 질문에 대답한 것이 신기하다는 반응이었지요. 녀석들은 굼벵이도 구르는 재주가 있다는 것을 모르고 있었습니다.

“누구야? 누구?”

선생님은 토끼눈을 뜨고 놀라는 표정을 지은 채 대답한 사람을 찾았습니다. 저는 얼굴이 빨개져서 고개를 숙였습니다.

“이상복이요, 이상복” 하고 제 주위에 있던 아이들이 합창을 했습니다. 저는 속으로 기분이 좋았습니다. 하지만 선생님은 뜻밖의 반응을 보였습니다.

“아니겠지. 이상설이겠지?”

이상설은 제 뒷자리에 앉은 놈이었습니다. 이상설은 우리 반에서 늘 1, 2등을 다투는 아이였습니다. 선생님은 우리 반에 이상복이라는 아이가 있는지조차 모르고 있었습니다. 그 순간 저는 서운한 마음이 들었습니다. ‘내가 아무리 공부를 못해도 그렇지, 이럴 수가 있단 말인가? 분명히 난데.’

저는 고개를 푹 떨군 채 넋 나간 사람처럼 우두커니 앉아 있었습니다. 선생님은 진도를 계속 나갔고 수업은 끝났습니다. 제 마음속에는 우울함과 서운함만 남아 있었습니다. 방과 후 신문대금을 받으러 다니는 동안에도 머릿속에는 국어 선생님에 대한 야속함과 이상설이라는 아이에 대한 부러움 그리고 얄미움이 남아 있었습니다.

그후 며칠이 지났습니다. 방과 후 신문대금 받는 일을 마치고 보급소로 가고 있었습니다. 그런데 이상설이 어떤 아줌마와 함께 걸어오고 있었습니다. 상설이의 어머니인 것 같았습니다. 같은 반이면서도 저는 그 아이와 한 번도 말을 나누어본 적이 없었습니다. 우리는 그만큼 먼 사이였습니다.

그런데 그날 상설이는 저를 몹시 반가워했습니다. 평소 수업시간에 잘난 척만 하던 놈이 저를 보고 알은척을 한 것입니다.

"상복아, 어디 가니? 엄마, 쟤 우리 반 아이야."

상설이는 자기 엄마에게 저를 소개하면서 웃었습니다.

"응. 그래? 우리 상설이하고 사이좋게 지내라."

"예."

"상복아, 내일 학교에서 보자."

상설이는 공부도 잘하고 부잣집 아들처럼 보이는지라 같은 반이었지만 저하고 대화할 만한 기회가 없었습니다. 저는 길에서 우연히 그 아이를 만난 것이 신기하다는 생각이 들었습니다. 온종일 학교에 함께 있으면서도 서로 눈길 한번 주지 않던 사이였는데, 그날만큼은 이상하게 친밀감이 들었습니다. 훗날 상설이는 국어 시간에 자신이 답한 것도 아닌데 선생님이 자신을 지목한 것에 대해 제대로 답하지 않아서 저한테 정말 미안했다고 말했습니다.

11월 말이라 날씨가 제법 추워지고 있었습니다. 체육 시간이 끝난 후 저는 여느 날과 마찬가지로 호주머니에 두 손을 집어넣은 채 고개를 푹 숙이고 교실로 걸음을 옮기고 있었습니다. 반 아이들은 삼삼오오 모여 조잘대면서 곧 있을 겨울방학 생각에 들떠 있었습니다.

"상복아, 같이 가자."

뒤를 돌아보니 상설이가 저를 향해 뛰어오고 있었습니다. 「조홍시가」 사건이 있은 후로 상설이가 제게 말을 걸어오기 시작했습니다. 모범생인 상설이가 제게 베푸는 호의가 싫지 않아 말을 걸어올 때면 저는 언제나 성의껏 들어주었습니다. 하지만 저는 그 아이가 묻는 말에 대답만 했지, 제가 먼저 묻는 경우는 없었습니다.

"상복아, 왜 너는 항상 혼자 다니니? 아이들하고 같이 어울리고 그래."

저는 아무 대꾸도 하지 않았습니다. 겨울방학이 시작되었습니다. 저는 중학교에 들어와 처음으로 친구 집에 가보게 되었습니다. 상설이네 집에 놀러간 것입니다. 그해 겨울방학 동안 저와 상설이는 가까워졌습니다. 저와 상설이 그리고 또다른 친구 경현이는 삼총사가 되었습니다.

마음의 문을 여는 것도 연습이 필요합니다

저는 상설이와 경현이에게 아버지의 직업을 숨겼습니다. 리어카에 채소를 싣고 온 동네를 돌아다니며 "열무나 배추 사려" 하고 외치는 아버지가 창피했기 때문입니다. 그래서 친구들이 아버지의 직업을 물었을 때 상업이라고 뭉뚱그려 말했습니다. 또 저는 상설이와 경현이의 집에는 자주 놀러갔지만, 그 아이들을 우리 집에 데려온 적은 없었습니다. 변두리 개천가의 단칸방을 보여주는 것은 제 자존심이 허락하지 않았기 때문입니다.

제가 중학교 시절 빗나가려는 순간 상설이와 경현이가 다가왔습니다. 처음에는 이중생활이 이어졌습니다. 그 친구들 몰래 담배도 피우고, 성인영화도 보고, 성애소설도 읽었습니다. 또 제가 신문배달을 한다는 사실도 숨겼습니다. 신문배달을 한다는 것은 가난한 집 아이라는 것을 말해주는 것이고, 가난한 집 아이는 사고뭉치가 많다고 친구들이 생각할까봐서였습니다.

하지만 상설이와 경현이가 진정으로 저를 이해하고 도와주려 한다는 것을 알았을 때, 저는 마음의 문을 열기 시작했습니다. 우리 집에 데려와 아버지와 어머니께 인사도 시켰습니다. 담배 피우는 것을 멀리하려 했고, 성인영화나 만화도 멀리했으며, 집에 꼭꼭 숨겨두고 몰래 읽던 성애소설 『원앙섬』도 불태웠습니다. 우리는 좋은 친구가 되어가고 있었습니다.

그후 상설이는 서라벌고등학교에, 경현이는 덕수상고에 진학했고, 저는 상설이의 뜻에 따라 인문계 고등학교에 지원해 서울고등학교로 배정받았습니다. 우리 셋의 우정은 고교시절뿐만 아니라 그후에도 계속되었습니다. 제가 대학에 입학했을 때 상설이의 어머니가 등록금을 내주셨고, 제가 군에 있을 때 두 친구는 면회를 와주었으며, 군 생활중 병원에 입원한 아버지를 상설이의 어머니가 간병해주셨습니다. 제대 후 복학할 때 등록금이 없어 고민하는 저를 위해서 경현이는 하얀 봉투에 등록금을 넣어 건네주었습니다.

세월이 흐르고 흘러도 우리의 우정은 변함이 없었습니다. 그러나 운명의 여신은 우리의 우정을 질투했나봅니다. 항공우주과학자로서 '아리랑 1호'와 '무궁화위성'을 우주에 쏘아올린 상설이는 제게 너무나 많은 추억을 남겨두고 2002년 가을 세상을 떠나 하늘나라로 갔습니다. 또 경현이는 은행원으로 근무하다가 구조조정으로 밀려난 후 사업을 시작했고, 사업이 실패로 돌아간 후 2004년 12월 24일 급성 심근경색으로 세상을 떠났습니다.

중학교 때부터 조숙했던 저는 같은 또래의 아이들을 '어리게' 보고 쉽게 친해지려 하지 않았습니다. 하지만 두 친구가 제게 다가왔을 때 저는 마음의 문을 조금씩 열면서 그들을 받아들이고자 노력했습니다. 저는 그후 누구를 만나도 마음의 문을 열고 받아들이려 노력합니다. 제가 먼저 마음의 문을 열면, 상대방도 대부분 제게 다가와줍니다.

오늘도 제게 누군가가 다가오고 있는지 모릅니다. 진정한 친구를 만나기 위해서는 내가 먼저 마음의 문을 조금씩 열어가는 것이 가장 중요합니다. 그럼 상대방도 마음을 열고 내게 다가올 것입니다.

오늘도 당신에게 누군가 다가오고 있는지 모릅니다

마음의 문을 여는 연습을 하세요

준비하지 않으면 어느새 그들은 떠나가버리고 맙니다

제3장

꿈과 성공,
자기신뢰에 대하여

lateness life

저는 무슨 일을 해야 할까요?

"진로에 관한 고민이 많습니다. 부모님은 사법고시를 준비하라고 하십니다. 그렇지만 저는 변리사, 7급 공무원, 로스쿨, 법원행정고시, 취업 중에서 무엇을 준비해야 할지 쉽게 마음의 결정을 하지 못하고 있습니다. 나이 먹어가는 게 두렵습니다. 해놓은 것이 아무것도 없다는 생각에 잠을 자다가도 깨곤 합니다."

오래전에 S는 이런 메일을 제게 보내왔습니다. S의 꿈은 초등학생 때는 축구선수가 되는 것이었고, 중학생 때는 외교관이 되는 것이었다고 했습니다. 하지만 부모는 S가 변호사가 되기를 원했습니다. 저는 부모의 뜻을 따르겠다는 S를 격려했습니다.

한동안 연락이 뜸했는데 최근 다시 메일을 보내왔습니다. 2013년 2월 현재 S는 싱가포르에 있습니다. 작년 10월에 인터넷을 통해 만난 싱가포르 여자친구와 사랑에 빠져 12월에 타이완에서 첫 만남을 가졌고, 여자친구 부모의 초대를 받아 싱가포르에서 3개월 동안 머물게 되었다는 이야기였습니다.

S는 2010년에 사법시험 공부를 포기하고 2011년 로스쿨 진학을 준비했습니다. 몇 군데 로스쿨에 지원했으나 불합격의 고배를 마셨습니다. 그후 수년간 누적된 스트레스로 인해 공황장애를 앓게 되었고, 더이상 학업을 계속할 수 없어 2012년 봄에 졸업하고 대전에서 치료하며 요양을 했다고 합니다.

그후 주치의와 상담을 하고 고민 끝에 진로를 변리사로 정했습니다. 군대 문제부터 해결하고자 2012년 9월 공군 장교 학사 후보생 시험에 응시했습니다. 이 시험은 매우 간단하고 토익 성적도 잘 나와서 당연히 합격할 것이라고 생각했습니다.

그런데 생각지도 못한 곳에서 발목이 잡혔습니다. 공황장애와 우울증 병력 때문인지 적성검사에서 장교 부적합 판정을 받은 것입니다. 결국 주치의의 도움으로 공익근무 판정을 받기로 했는데, 아직 신체검사를 하지는 않았습니다. 그러던 중 싱가포르에 간 것입니다.

S는 법률가보다는 다른 직업을 선호했습니다. 그러나 부모의 격렬한 반대와 강압 때문에 사법시험 준비를 계속해야 했습니다. 가장 먼저 S가 해야 할 일은 귀국 후 공익근무를 마치는 것이라고 합니다. S는 나이 들어가는 것을 걱정하고 있습니다. 공익근무를 마치면 서른 살이 넘습니다. 당연히 주위의 시선도 신경쓰이고, 경제적인 문제도 걱정된다고 합니다. 벚꽃이 필 때쯤 귀국해서 저를

찾아오겠다고 합니다.

꿈이 뭔지 모르는 건 자연스러운 일입니다

사람은 성장해가면서 꿈을 갖기도 하고 포기하기도 합니다. 다시 새로운 꿈을 꾸면서 살아가지요.

저는 어린 시절 '꿈'이라는 말을 들어본 적이 없습니다. 부모님이나 주위의 그 누구도 제게 꿈을 가지라고 말해주지 않았습니다. 스스로 꿈을 꾼 적도 없습니다. 부모님도, 저도 꿈에 대해서는 아무것도 몰랐습니다.

저는 천하의 돌대가리였습니다. 초등학교 4학년 수학 시간입니다. 키가 큰 담임선생님이 제게 질문했습니다. "이상복, 1미터는 몇 센티미터지?" 저는 "천 센티미터입니다" 하고 대답했습니다. 제 대답이 끝나자마자 여기저기서 아이들이 키득거렸습니다. 저는 망신을 당했습니다. 그후 수학 시간마다 담임선생님은 저를 "야, 1미터"라고 불렀습니다. 한 번 틀린 대답을 했다고 계속 약을 올리는 것이었습니다. 그후로 저는 수학 노이로제에 걸렸습니다. 저는 '1미터는 100센티미터'라고 확실히 알고 있었지만, 선생님은 제게 같은 질문을 더이상 하지 않았습니다.

5학년 때 신문배달을 시작한 제 꿈은 돈을 많이 버는 것이었습니다. 아버지는 제가 중학교에 들어가자 열심히 공부해서 아버지 고생을 면하게 해주어야 한다고 훈계하셨습니다. 하지만 제 꿈은 아버지하고는 달랐습니다. 신문 구역을 확장하는 것이 제 목표였습니다. 그러면 제가 받는 성과급이 엄청나게 늘어나기 때문이었습니다. 중학교를 졸업하고 보급소에 감독으로 취직한 후 총무가 되었다가, 총무에서 보급소장까지 올라가는 것이 제가 정한 인생의 꿈이라면 꿈이었습니다.

조간신문인 조선일보 보급소장님은 돈을 많이 벌었는지 검은색 자가용도 가지고 있었습니다. 그때 제 신분은 학생이 아니라 신문배달원이라고 해야 맞습니다. 신문배달 경력도 벌써 3년이나 되었기 때문에 보급소에서도 제 능력을 인정하고 있었습니다. 저는 신문 배달과 수금, 확장에는 남다른 자신이 있었습니다. 공부를 열심히 해서 성공한다는 것은 남의 일이지, 제 일로는 여겨지지 않았습니다.

그런데 어느날 신문보급소의 한 형이 명문인 덕수상고에 합격했고, 그 덕에 보급소에서 축하 파티가 열렸습니다. 공부 잘 하는 신문배달 소년들을 편애하던 소장님이 준비한 자리였습니다. 소장님은 그 형을 보급소가 낳은 인물이라고 치켜세웠습니다. 또 형에게 꼭 성공해서 나중에 은행장이 되라는 덕담까지 건넸습니다. 저는 그제야 은행장이 은행에서 제일 높은 사람인 것을 알았습니다. 저는 그 형처럼 덕수상고에 들어가서 소장님의 칭찬을 받고 싶었습니다.

처음에 아버지는 고등학교 진학 자체를 반대했습니다. 아버지는 어디서 듣고 왔는지 장학금을 주는 K공고에 간다면 말리지 않겠다고 말했습니다. 친구에게 영향받은 저는 이미 인문계 고등학교에 진학하기로 마음먹은 상태였습니다. 하지만 아버지는 여전히 K공고 진학만을 고집했습니다. 저는 아버지의 반대를 무릅쓰고 인문계 고등학교로 진학했습니다.

고등학교에 진학한 저는 무사히 3년을 마치고 대학에 들어갔습니다. 남들이 대학교에 들어가면 성공한 것이라고 말하니까 저도 그냥 따라서 들어간 것입니다. 대학교에 들어가서는 어느 곳이든 취직만 하면 된다는 것이 제 꿈이었습니다. 그리고 학년이 올라가면서 그마저도 없어졌습니다.

그후 고시공부를 시작한 것도 꿈이 있어서가 아니었습니다. 누구처럼 훌륭한 법조인이 되어서 억울한 사람들을 돕기 위해서라든가, 아니면 크게 출세하기 위해서라든가 하는 거창한 이유도 아니었습니다. 반듯한 직업 하나는 가져야 하지 않겠나 하는 생각 때문이었습니다. 이것이 꿈이라면 꿈이었습니다.

우둔한 저는 천신만고 끝에 하늘의 도움으로 서른여섯 늦은 나이에 사법고시에 합격할 수 있었습니다. 합격 후 연수원을 수료하고 남들이 가지 않는 정부 산하기관에 취업했습니다. 원래 제가 입사한 회사는 유학을 지원하기로 구두 약속을 했지만, 여러 가지 사정으로 인해 그 약속은 지켜지지 않았습니다. 저는 어린 시절의 경험을 통해 체득한 '하늘이 무너져도 솟아날 구멍이 있다'는 속담을 신조로 삼고 살아왔습니다. 이 신조는 저로 하여금 회사의 경제적 지원 없이 미국행을 결심하게 만들었습니다. 이것도 꿈을 실현하기 위한 것은 전혀 아니었습니다.

가까이 지낸 이가 말끝마다 "미국은 안 그래!"라고 하는 말이 듣기 싫었습니다. 또 어디 가서 발표를 할 때마다 질문자가 "미국은 다릅니다!"라고 하는 말이 듣기 싫었습니다. 하도 미국은 안 그렇다고 하니 미국에 꼭 가서 과연 그런지 확인해봐야겠다는 생각을 했을 뿐입니다. 또 '미국에 갔다 오면 될 거 아니야!' 하는 오기도 발동했습니다.

그후 공부하는 변호사가 되어야 망하지 않고 오랫동안 먹고살 것 아닌가 하는 생각에 공부를 계속했을 뿐인데, 엉뚱하게도 한 대학에서 연락이 와 교수로 일하게 되었습니다.

우리는 평생 꿈을 찾아 헤매는 것인지도 모릅니다

어린 시절, 사회적으로 인정받는 직업을 갖겠다고 하는 것이 꿈을 갖는 것입니까? 그럼, 사회적으로 인정받지 못하는 직업을 갖겠다는 것은 꿈이 아닙니까? 그렇지 않습니다. 또 어린 시절에는 꼭 꿈이 있어야 한다는 것도 맞지 않습니다. 어쩌면 자신의 꿈을 모르는 것이 당연한 일입니다.

어린 시절부터 꿈을 갖는 것이 아니라 꿈을 찾아 헤매는 것이 정상인지 모릅니다. 그래서 방황하고 고민하고 마음의 갈등으로 괴롭기도 합니다. 주위 사람의 시선 때문에 더 힘들어하면서 말입니다. 저는 그것으로 충분하다고 생각합니다.

무엇인가 하고 싶은 일을 정하는 것은 필요합니다. 잘할 수 있는 것이면 더 좋습니다. 하지만 사람은 잘할 수 있는 것, 원하는 것만 하면서 살게 되지 않습니다. 자신을 세상에 맞추면서 살아가야 하는 상황도 옵니다. 해야만 하는 것이 있다면, 그것을 꿈으로 정해도 되고, 자신이 가고자 하는 길이라면 늦었더라도 지금 정하면 됩니다. 저는 그것을 꿈이라고 말하고 싶습니다.

저는 지금까지 살아오면서 나이를 밝힌 적이 없습니다. 초등학교 입학을 아홉 살에 했고, 대학 졸업은 스물아홉 살에 했으며, 결혼은 서른일곱 살에 했습니다. 그리고 서른아홉 살에야 사회로 나와서 제 밥벌이를 하면서 살기 시작했기 때문입니다.

저는 시작부터 늦은 사람이었습니다. 아홉 살에 초등학교에 입학한 것은 출생신고를 한 해 늦게 했기 때문입니다. 태어났을 때 몸이 약해 죽을지도 몰라서 그랬답니다. 다른 아이들보다 한 살 혹은 두 살 더 많았습니다. 그래서 무슨 죄를 지은 양 나이를 꼭꼭 숨겼습니다.

중고등학교 때는 한두 해 늦게 들어온 아이들과 주로 어울려 지냈습니다. 나이를 더 먹어 학교에 다녀보지 않은 사람은 그 슬픔을 모릅니다. 괜히 반항심이 일다가 화가 나기도 하고 때로는 슬퍼지는 그 마음을요. 그래서 어른 흉내도 내면서 못된 짓을 하기도 했습니다. 나이가 어린 아이에게는 친한 사이라도 제 원래 나이를 말하지 않았습니다. 나이 많은 것이 이상한 굴레로 작용했습니다.

스물아홉 살에 대학을 졸업했습니다. 곧바로 고시공부를 시작했습니다. 자주 떨어지다 보니 제 30대는 화살처럼 흘러가고 있었습니다. 우여곡절 끝에 서른여섯 나이에 합격했습니다. 동료들보다 한참 늦었습니다. 열두 살 어린 띠동갑 동기도 있었습니다. 나

인생에 이른 출발이나 늦은 출발은 없습니다

조급해하거나 불안해하거나

초조해할 필요도 없습니다

늦었다고 위축될 필요도 없습니다

인생에서 지각이라는 것은 없기 때문입니다

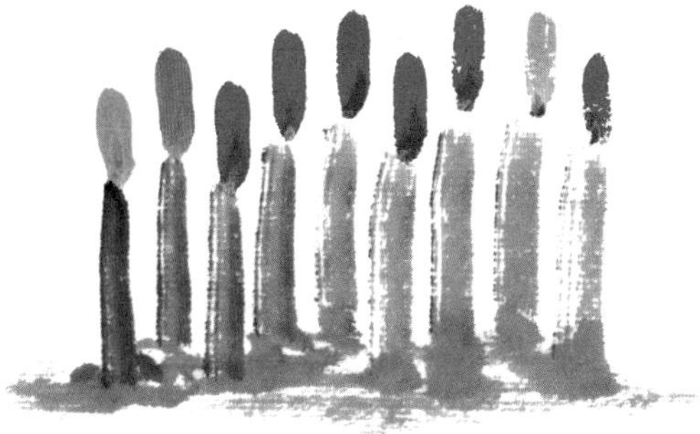

이 먹어 합격한 놈은 무능한 것 아니냐는 묘한 분위기도 있었습니다.

서른일곱 살에 결혼을 했고, 서른여덟 살에 첫아이를 낳았습니다. 그리고 야간대학원에 진학했습니다. 지각인생을 시작했지만, 젊은 사람들과의 나이 차이를 극복하고 싶었습니다. 그리고 마침내 서른아홉 살에 연수원을 수료하고 변호사 생활을 시작했습니다.

출발이 늦었다는 생각에 마음이 초조했습니다. 마흔두 살에 미국으로 공부하러 갔습니다. 아내와 다섯 살 된 딸아이와 함께 말입니다. 유학을 약속했던 회사에서 약속을 지키지 않아 제 돈으로 가기로 했습니다. 무모한 시도였습니다. 어쩌면 늦은 나이에 출발한 인생을 만회해야 한다는 절박감 때문이었을 것입니다.

아내와 딸아이를 동부에 있는 가난한 처형에게 부탁했습니다. 경제적인 문제를 해결하기 위해서입니다. 어렵게 선택한 미국행이었기에 열심히 공부해서 본전을 뽑아야 한다는 생각이었습니다. 처자식과 떨어져 생활하면서 두 끼로 하루를 해결했습니다. 돈을 절약해야 1년 이상 버틸 수 있었기 때문입니다. 아침을 건너뛰고 학교에 나가 수업을 들은 후 '아점'(아침과 점심의 중간)을 먹었습니다. 저녁은 집에 와서 먹었습니다. 곧바로 위장에 탈이 났습니다. 약 대신 아침 공복에 날감자를 먹었습니다. 위장병에 좋다는 말을 들었기 때문입니다.

공부를 하는데 다섯 살 된 딸아이의 얼굴이, 저를 닮은 딸아이의 얼굴이 떠올랐습니다. 사진을 꺼내 얼굴에 비볐습니다. 갑자기 가슴속에서 욱하고 뜨거운 무언가가 올라오면서 눈물이 흘러내렸습니다. '이렇게까지 살아야 하나?' 하는 생각이 들었습니다. '늦게 출발한 지각인생인데 열심히 살아야 한다'는 생각도 들었습니다. 두 생각이 교차하면서 마음이 혼란스러웠습니다. '그래! 돈 떨어지면 한국으로 돌아가자'고 마음을 먹었습니다. 아내와 딸아이를 데려왔습니다. 오랜만에 만난 어린 딸아이를 부둥켜안고 한참을 울었습니다. 태어나서 공부를 가장 열심히 했던 시절입니다. 지각인생은 무능한 것이라는 자격지심에서 벗어나고 싶었기 때문입니다.

처음 저를 만나서 제 명함을 받은 사람들은 저를 엘리트 코스를 밟은 사람으로 압니다. 부유한 집에서 태어났고, 경제적 어려움 없이 공부했고, 젊은 나이에 고시에 합격해 군법무관으로 군 생활을 했고, 변호사를 한다고 대개는 생각합니다. 저는 그러면 그냥 웃고 넘어갑니다. 어쩌면 저 자신도 엘리트 코스를 밟은 사람으로 보이고 싶었는지 모릅니다.

그런데 늦음의 미학이라고나 할까요. 저는 인생에는 이른 출발이나 늦은 출발은 없다는 것을 알고 있습니다. 조급해하거나 불안해하거나 초조해할 필요도 없다는 것을 알고 있습니다. 인생에 지각이라는 것은 없습니다. 늦었다고 위축될 필요도 없습니다. 제게 주어진 인생길을 가면 그뿐입니다. 인생은 각자 사는 거니까 말입니다.

lateness life

4학년인데,
불안하고 초조하기만 합니다

"오며가며 몇 번 뵌 후로 휴학중이라 찾아뵙지 못하네요. 시간에 쫓겨 살다보니 초조해서 집중도 잘 안 되고, 책이 손에 잡히질 않아요. 지난 토요일에는 불안하고 외로움이 밀려와서 혼자 울었습니다. 마음이 울적해서 교수님께 메일 드립니다."

C의 하루는 바쁩니다. 하루가 아니라 일주일, 한 달, 한 학기라고 해야 맞습니다. 학교 수업도 들어야 하고, 학원에도 다녀야 하며, 방과 후 아르바이트도 해야 합니다. 학교에서는 3학점짜리 여섯 과목을 수강해야 합니다. 일주일에 3일만 수업을 듣고, 나머지 이틀은 시간 확보를 위해 비워둡니다. 어떤 경우에는 점심식사를 할 시간도 없이 강의를 들어야 합니다. 점심은 쉬는 시간 15분 동안 빵으로 대충 때웁니다. 과제를 많이 내주는 과목일 경우에는

과제 하는 데 시간을 많이 쏟아야 합니다.

일주일에 두 번은 영어학원에 갑니다. 영어가 생명줄인 나라에 살다보니 영어 실력에 상관없이 학원에 다녀야 마음이 좀 안정됩니다. 초등학교에 입학하기 전부터 공부한 영어가 이젠 지긋지긋합니다. 일주일에 세 번은 아르바이트를 합니다. 그래도 운이 좋아서 중학생에게 수학을 가르치는 과외입니다. 주중에 두 번, 일요일에 한 번 과외 학생 집을 방문합니다. 친구들과 어울리다가 과외 하러 가는 것은 귀찮지만, 수입이 짭짤하기는 과외가 제일이라 그만둘 생각은 없습니다. 일요일에는 성당에 나갑니다. 거의 하루 종일 성당에서 생활합니다. 미사를 드리고 학생들을 가르치는 봉사활동도 합니다. 여자친구도 만나야 하고, 친구들과 술도 한잔해야 합니다. 이러다보니 일주일이 정신없이 흘러가고, 한 학기도 빠르게 흘러가며, 입학한 지 엊그제인데 벌써 4학년이 되었습니다. 이제 취업 준비를 위한 스터디 모임도 시작했습니다.

4학년이 되어 자신의 생활을 뒤돌아보니 남은 것이 별로 없습니다. 시간을 잘 활용한다고 했는데, 학점도 보통 이하이고, 영어 실력 역시 1학년 때보다 크게 향상되지 않았으며, 여자친구와도 헤어졌습니다. 과외를 해서 번 돈은 어디에 썼는지도 모르게 죄다 써버렸습니다. 결과적으로 남은 것이 하나도 없습니다. C는 시간이 부족하다는 생각에 스트레스를 받습니다. 초조해서 집중이 안 되는 날도 있습니다. 성당에 나가 봉사하는 것도 그만두었습니다. 취업 준비에 몰두하기 위해서입니다.

시간을 지배한 사나이

다들 C처럼 느끼면서 살아가는지도 모릅니다. 누구나 시간의 중요성을 말하지만, 실천하지 못합니다. 또 누구나 시간에 관한 격언이나 명언은 많이 알고 있지만, 우리는 시간을 제대로 관리하면서 살아가는 것 같지 같습니다.

다닐 알렉산드로비치 그라닌의 『시간을 정복한 남자 류비셰프』는 구소련의 과학자인 류비셰프에 관한 책입니다. 그는 하루 열 시간을 자고 평생 70여 권의 학술서적을 출간했습니다. 다양한 취미생활도 했습니다. 그는 자신만의 시간 가계부를 만들어 시간을 철저하게 관리했습니다. 시간을 자원으로 계산해서 수입과 지출의 대차대조표를 만든 것이지요. 삶의 순간순간을 즐기기 위해 최선을 다한 것입니다. 그는 시간을 두려워하지도 않았고, 시간의 힘을 운명으로 받아들이지도 않았습니다.

그는 1916년부터 82세로 세상을 떠날 때까지 시간 가계부를 썼습니다. 인생을 보람 있게 살기 위해서는 시간을 철저하게 관리해야 한다고 생각해서 56년 동안 시간 가계부를 작성한 것이지요. 그의 시간 관리는 모든 활동을 분 단위까지 계획하고, 기록하고, 평가하며, 통제하는 것이었습니다. 그의 생물학, 곤충학, 과학, 철학, 문학, 역사 등에 대한 방대한 저술과 업적은 이렇게 철저한 시간 관리에서 나온 것입니다.

류비셰프는 '시간통계법'으로 자신을 돌아보고 매우 철저히 시간을 관리했습니다. 또한 매우 인간적이고 소박한 학자였습니다. 항상 충분히 잠을 잤고 밤새워 일한 적도 없습니다. 그는 천재도 아니었습니다. 그저 시간을 관리하면서 뚜벅뚜벅 꾸준히 나아갔습니다. 일상생활을 등한시하거나 가족이나 친구, 동료들과 시간 보내는 것을 아까워한 적도 없습니다. 오히려 다른 사람들보다 더 시간적으로 여유 있는 삶을 누렸으며 남을 위해서 시간을 아끼지 않았다고 합니다. 그는 시간에 대한 경건함을 가진 사람이었습니다. 류비셰프는 "시간 관리에 투자한 시간과 시간의 효용성은 비례한다"라는 명언을 남겼습니다.

시간은 모든 사람에게 공평합니다. 누구나 하루 24시간을 삽니다. 그러나 시간을 활용하는 것은 사람마다 다릅니다. 류비셰프의 시간 관리법을 배울 필요가 있다고 생각합니다. 인생을 알차게 살기 위해서 말입니다. 책에는 다음과 같은 멋진 구절이 나옵니다.

"그 어떤 시간도 그에게는 다 보물이었다. 그의 시간이란 창조하는 시간이며, 사물을 인식하는 시간이며, 삶의 낙을 누리는 시간이었다. 그는 마음속 깊이 시간을 공경했다. 그는 하루 동안 한 시간 한 시간을, 한동안의 1분 1초를 충분히 사용하며 언제나 그 실제적 효율을 따졌던 것이다. 일생 동안의 시간은 극히 긴 시간이다. 한껏 일할 수 있으며, 책을 많이 읽을 수 있으며, 언어를 여러 가지 배울 수 있으며, 여러 곳으로 여행할 수 있으며, 음악도 실컷 들을 수 있으며, 자녀들을 양육할 수도 있으며, 농촌에 내려가 살거나 도시에서 살 수도 있으며, 청년 후진을 양성해낼 수도 있다."

시간은 충분하지 않을지도 모릅니다

젊은 시절에는 시간이 충분하다고 생각하기 쉽습니다. 앞으로 살아갈 날이 많이 남아 있는 것처럼 생각되기 쉬우니까 말입니다. 그러나 그것은 아무도 장담할 수 없습니다. 젊다고 세상을 더 오래 사는 것은 아니니까요.

젊을 때의 시간은 중요합니다. 인생의 기반을 준비할 시기이기 때문입니다. 특히 무엇인가 준비하는 사람은 시간을 헛되이 보내서는 안 됩니다. 앞으로 몇 년은 그 사람의 인생에서 중요한 의미를 갖는 시기이기 때문입니다. 그렇다고 매일 공부만 하라는 말은 아닙니다. 무엇을 하든지 시간을 알차게 이용하라는 것입니다. 공부를 하든, 등산을 하든, 낚시를 하든, 수다를 떨든 말입니다. 아무것도 하지 않으면서 10분이니까, 20분이니까 괜찮아 하며 시간을 낭비하지 말라는 것입니다. 잃어버린 시간은 만회하기 정말 어렵습니다. 그때 그 순간은 다시 돌아오지 않으니까 말입니다.

어떤 사람은 시간이 부족하다고 말합니다. 그 말은 틀린 말입니다. 이것을 먼저 할지 저것을 먼저 할지 정리가 안 돼 그런 것입니다. 해야 하는 일이 쌓여 있어 무엇부터 해야 할지 엄두가 나지 않을 때가 있습니다. 그럴 땐 무엇이 제일 중요한지 생각해봅니다. 그리고 그것부터 먼저 하면 됩니다. 순서를 정해서 하나씩 하면 되는 것이지요. 이렇게 순서를 정하면 우왕좌왕하는 마음이 사라지면서 많은 일도 하나씩 다 해낼 수 있습니다.

저는 새벽 4시 50분에 일어납니다. 곧바로 집 근처 아차산에 갑니다. 산에 가면서 하루 계획을 생각해봅니다. 정상에 올라갔다가 내려오면서 운동기구가 설치된 곳에 가서 잠시 운동을 합니다. 집에 오면 6시 30분입니다. 90분간 체력을 관리했습니다. 체력이 받쳐줘야 시간을 관리할 수 있습니다. 하루를 즐겁게 시작하려고 노력합니다. 집에 오면 시간을 벌었다는 생각이 드니 마음이 흐뭇합니다. 운동을 해서 밥맛도 좋습니다.

출근 준비와 식사를 하고 나면 7시 20분입니다. 지하철 역까지 15분을 걸어갑니다. 지하철을 기다리면서 가벼운 책을 꺼내듭니다. 지하철에서는 책을 읽거나 부족한 잠을 보충합니다. 역에서 내려 부지런히 걷습니다. 운동 삼아 최대한 빨리 걷습니다. 8시 30분쯤 연구실에 도착합니다. 이메일을 확인하고 학교에서 본격적인 하루 일과를 시작합니다.

저는 젊을 때 시간을 죽인 죄인입니다. 그래서 지금은 시간에 인색한 사람이 되었습니다. 쫀쫀한 사람이라고 해도 상관없습니다. 꽉 짜인 시간표대로 사는 것이 답답하지 않느냐고 묻는 사람도 있습니다. 그들에게는 인생살이가 원래 답답한 것이라고 대답합니다. 시간을 알차게 보내면서 즐거움을 느끼는 것이 오히려 답답한 인생살이를 유쾌하게 해준다고도 말합니다. 약속 장소에 갈 때도 가벼운 책을 가지고 갑니다. 만나기로 한 사람이 아직 오지 않았다면 자투리 시간을 몇 분이라도 이용해 책을 봅니다. 시간을 절약하고 요령 있게 보내기 위해서입니다.

사람들은 보물을 찾아 세상을 헤맵니다. 눈을 부릅뜨고 여기저기 살피면서 말입니다. 보물은 어디에 있을까요? 무엇이 보물입니까? 저는 '현재 이 순간'이 보물이라고 생각합니다. 자신에게 주어진 시간을 어떻게 이용했느냐에 따라 인생은 달라질 수 있습니다. 젊은 시절의 소중한 시간을 헛되이 보내고 저는 정말 많은 후회를 했습니다. 대학에 들어가기만 하면 취업 등 모든 것이 해결될 줄 알았습니다. 꽤 이름난 학교에 다니니 학점이 엉망이라도 취업은 될 거라고 생각했습니다. 이런 한심한 생각을 하다보니 공부에 소홀해 학점이 좋지 않았습니다. 수업에 들어가지 않고 대리출석을 시킨 일도 있고, 대리시험을 부탁한 적도 있습니다. 저는 정직하게 살지 않고 꼼수를 부리면서 살았습니다.

대학생활을 돌이켜보니 남은 것이 별로 없습니다. 공부를 열심히 하지도 않았고, 그렇다고 목숨 걸고 학생운동을 하지도 않았으며, 연애도 제대로 하지 못했고, 그저 몇몇 친구들과 어울리며 술 마시는 것이 전부였습니다. 우정을 돈독히 한다는 핑계를 대고 말입니다. 또 당시 시국을 논하면서 마치 애국자라도 된 양 행세하기도 했습니다. 일주일 내내 매일 술을 마시면서 말입니다. 식당이나 술집에서 아르바이트를 한 적도 있었습니다. 그저 아무 생각 없이, 아무 목표 없이 주변인으로 하루하루 시간을 죽이면서 살았습니다.

대학 졸업 후 나이를 먹고 어른이 되어가면서 깨달았습니다. 하루를 헛되이 보내면 자신의 삶을 날려버리게 되고, 유익하게 보내면 자신의 삶에서 보물을 찾아내게 된다는 것을 말입니다.

세상 그 누구보다 지금 이 순간을 열심히 살아가면 됩니다. 누구나 과거에 허송세월한 것을 후회한 경험이 있을 것입니다. 그것

사람들은 보물을 찾아 세상을 헤매는지도 모릅니다

눈을 부릅뜨고 여기저기 살피면서 말입니다

보물은 어디에 있을까요? 무엇이 보물일까요?

을 거울삼아 이 순간을 잘 보내야 합니다. 지금 보내고 있는 이 순간은 우리가 가진 것 중에서 제일 중요하고 영원히 다시는 돌아오지 않을 테니까 말입니다.

lateness life

이번에 또 떨어지면, 어떻게 하죠?

"일단 10월까지는 합격 결과를 기다리면서 보낼 것 같습니다. 좀더 완벽하게 답안지를 쓰고 나왔더라면 마음 편하게 결과를 기다릴 수 있을 텐데 그렇지 못해서 화도 나고 안타깝습니다. 지난 겨울에 자신감을 불어넣어주신 것 정말 고마웠습니다. 작년에도 자신감을 갖기 위해 몸부림쳤는데, 이번에 떨어지면 어떻게 하나요? 더이상 시험공부를 못할 것 같아요. 두려움이 앞서 벌써부터 걱정이 됩니다."

2008년 어느 날 수업 시간이었습니다. 맨 앞자리에 앉은 한 학생이 유독 눈에 들어왔습니다. 다른 학생들보다 나이가 들어 보이는 얼굴은 창백했고, 몸은 말랐으며, 냉소 띤 얼굴로 거의 웃지 않는 모습이었습니다.

중간고사를 치른 후입니다. 제게 메일이 한 통 왔습니다. 보낸 사람은 M이란 학생이었습니다. 제가 눈여겨 보았던 학생이었습니다. 저를 만나 상담을 하고 싶다고 했습니다. 그렇게 M과의 인연이 시작되었습니다. 함께 밥을 먹으면서 M은 자신의 모습을 양파 껍질 벗기듯 하나씩 벗겨나갔습니다.

올해 M의 나이는 서른네 살입니다. 학부에서 영문학을 전공했습니다. 제가 M을 처음 만난 2008년 당시 M은 20대 후반이었습니다. M은 2008년 사법시험 2차에 불합격한 후 계속 2차 불합격의 고배를 마셨습니다.

2010년 가을 어느 일요일 오후입니다. 제 휴대전화에 M의 이름이 떴습니다. 전화를 받았더니 많이 위축된 목소리가 들려왔습니다. "시험에 또 떨어졌습니다. 다시 도전하고 싶습니다. 하지만 자신감이 생기지 않습니다. 현재의 제 모습이 너무나 싫습니다. 나이만 들어갑니다"라는 이야기를 했습니다. M은 마음이 흔들리면서 갈피를 잡지 못하고 있었습니다.

저는 '처음부터 다시 시작해야 한다. 머리가 깨질 각오로 정면승부를 펼쳐야 한다. 진짜 최선을 다하고 안 되면 방향을 바꿔라'라는 말을 하고 전화를 끊었습니다.

그후 시간이 흘렀습니다. M은 마음을 다잡고 다시 시험 준비를 했습니다. 2012년 사법시험 2차 발표를 앞두고 연락이 왔습니다. 학교에서 둘이 함께 점심식사를 했습니다. M은 불안과 초조에 떨고 있었습니다. 저는 "네가 최선을 다했다면 결과 그대로 받아들여야 한다"라고 말해주었습니다. 불합격일 경우 방향을 바꿔 새로운 것을 하라는 말도 했습니다.

일주일 뒤 합격자 명단에 M은 없었습니다. 그후 M은 제게 연락을 하지 않았습니다. 그런데 작년 12월 말 어느 토요일 밤이었습니다. 휴대전화 진동이 울렸습니다. M이었습니다. 술에 취해 횡설수설하던 M은 자신감이 없어서 아무 일도 할 수가 없다고 했습니다. 시험을 계속 봐야 할지, 아니면 다른 것을 해야 할지 정할 수 없다는 것이었습니다.

고시가 인생의 전부는 아닌데, 그 늪에 빠져 힘들어하는 그를 보니 젊은 날의 제 모습이 떠올랐습니다. 그래서 더욱 마음이 아팠습니다. 그래서 이렇게 답했습니다. "네게 특별히 해줄 말이 없구나. 내가 대신 살아줄 수도 없고. 하지만 이 순간의 어려움은 네가 극복해야 한다. 네가." 그날 밤 저는 밤잠을 설치고 아침을 맞았습니다. M의 모습이 하루 종일 머릿속을 떠나지 않았습니다.

쓸모 있는 사람이 되고 싶었습니다

삶에서 경쟁을 피해갈 수는 없습니다. 자신감이 없어 마음이 외롭고 힘들 때는 '참 좋았던 그때의 나'를 기억해봅시다. 나도 잘할 때가 있었구나 하면서 말입니다.

저도 시험에 실패하고 또 실패했습니다. 서른다섯 살의 저는 낙오자요, 패배자라는 생각에 빠져 한없이 침몰해갔습니다. 아는 친구나 선후배를 만나 위로받고 싶었습니다. 격려받고 싶었습니다.

친구의 퇴근시간에 맞추어 직장 근처까지 찾아갔습니다. 하지만 공중전화 다이얼을 돌리다가 그만 수화기를 내려놓고 말았습니다. 만나고는 싶었지만 친구가 반겨주지 않으리라는 생각과 제가 너무 창피하다는 생각이 들었기 때문입니다. 아르바이트를 했던 신촌의 호프집으로 발길을 돌렸습니다. 그곳에서 일을 거들고는 밤 12시경 영업을 끝낸 사장님과 술을 마셨습니다. 술로 세상을 잊고 싶었습니다.

술에 취해 집까지 무작정 걷기로 했습니다. 제 자신을 좀먹는 감정을 날려버리고 싶었습니다. 몸을 지치게 하고 싶었습니다. 증오심을 없애고 싶었습니다. 신촌에서 아현동을 지나 광화문과 종로, 동대문을 거쳐 안암동 고려대학교 앞에 이르렀습니다. 담을 넘어 캠퍼스 안으로 들어갔습니다. 수돗물을 벌컥벌컥 마셔댔습니다. 머리도 감고 세수도 했습니다. 잔디밭에 드러누워 잠이 들었습니다. 학생들이 등교하는 소리에 잠에서 깨어났습니다. 머리가 많이 아팠습니다. 제 자신이 한심하다는 생각이 몰려왔습니다.

마음은 갈피를 못 잡은 채 고민만 쌓여가고 있었습니다. 취직을 하려니 나이가 문제였고, 시험공부를 계속하려니 자신감도 없고 돈도 문제였습니다. 한편으로 고생하시는 부모님께 죄송하기도 했습니다. 신세한탄이 겹쳐 더 힘들고 외로웠습니다. 참을 수가 없었습니다. 그후 낮과 밤이 뒤바뀌었습니다. 불면증으로 고생하며 잠들기 위해선 소주를 마시고 취해야 했습니다.

그런 다음날엔 늦게 일어났습니다. 아버지는 장사를 나가시고 어머니도 돈벌이를 나가셔서 집에는 아무도 없었습니다. 어머니가 차려놓으신 밥상을 보면서 제 자신이 한심하다는 생각이 들어 어디론가 도망치고 싶었습니다. 삶을 마감하고 싶었습니다. 한참 동안 혼자 울었습니다.

며칠을 고민한 끝에 가족을 더이상 외면할 수 없어 취직을 하기로 했습니다. 조간과 석간 신문을 샀습니다. 취업 광고란을 보는 것이 하루 일과가 되었습니다. 하지만 나이를 따지지 않는 곳은 없었습니다. 마땅한 일자리는 학원 강사뿐이었습니다. 나이를 문제 삼지 않았기 때문입니다.

아르바이트를 하던 호프집 사장님이 양복과 구두를 사주셨습니다. 머리를 단정하게 깎고 시범강의를 나갔습니다. 집 근처 학원에서부터 번동, 창동과 수유리, 상계동까지 가서 시범강의를 했습니다. 그러나 대부분의 학원에서 떨어졌습니다. 패배자라는 굴레에 갇혀 자신감이 없다보니 강의가 시원치 않았던 모양입니다. 시범강의를 통과한 학원은 월급이 너무 적었습니다.

여기저기 돌아다녀봤지만 마음에 드는 학원은 없었습니다. 12월 말이 다가오고 있었습니다. 내년 봄이 되면 고시 1차 시험이 있는데 한 번만 더 해볼까 하는 생각이 머릿속에 자리잡기 시작했습니다. 고시의 덫에 갇혀 있던 저는 취직 자리 알아보는 것을 포기하고 말았습니다. 마지막으로 딱 한 번만 더 하기로 했습니다. 그러나 잃어버린 자신감을 회복하는 것이 문제였습니다. 패배감에 사로잡혀 벗어나지 못하고 있었기 때문입니다.

저는 여전히 자책하면서 시간을 보내고 있었습니다. 그러다 문득 '어릴 때는 씩씩하게 뭐든지 잘했는데, 지금 나는 이게 뭔가' 하는 생각이 들었습니다. 기억을 더듬어 어린 시절로 돌아갔습니다. 허풍 떨고 허세 부리던 대학시절이 떠올라 쓴웃음이 나왔습니다. 반항적이었던 고등학교 시절이 기억나자 기분이 울적해졌습니다. 중학교와 초등학교 때로 돌아가봤습니다. 첫 돈벌이였던 신문배달 일이 생각났습니다.

다른 사람들 눈을 의식하지 않고 살았던 나, 내가 벌어 등록금도 내고 가계에도 도움을 주었던 나. '나도 쓸모 있는 인간으로 정말 열심히 살았던 시절이 있었구나' 하는 생각이 들었습니다. 한편으로 어린 시절의 내가 대견하다는 생각도 들었습니다. 중학교 3학년 때 공부하던 모습도 떠올랐습니다. 그때는 식구들이 전부 단칸방에서 생활할 때여서 다락방에 올라가 혼자 공부하면서도 고등학교에 가고 싶다는 생각에 불편하기보다 절박하기만 했는데, 지금은 집에서는 공부가 안 된다며 이런저런 핑계를 대고 있는 것이 아닌가 하는 생각이 들었습니다. 그래서 경제적인 문제도 해결하고, 사람들하고 부딪치면서 드는 자괴감도 떨쳐낼 겸 집에서 공부하기로 했습니다. '그래! 그 시절의 나로 돌아가보자. 한 번 더 해보고 안 되면 깨끗이 그만두자. 시험에 붙지 않더라도 그 좋은 시절의 내 모습으로 살아가면 된다'고 생각했습니다. '참 좋았던 그때의 나'로 살아가리라 다짐했습니다. '어린 시절의 나처럼 단순하게 생각하고, 말하고, 생활하자'고 생각했습니다. 다시 힘을 내기로 했습니다. 봄에 있을 시험 준비를 시작했습니다. 베개를 세워서 벽에 붙이고 등을 기대고 앉았습니다. 작은 밥상을 책상으로 이용했습니다.

지금 자신의 모습이 싫어지면 '참 좋았던 그때의 나'로 돌아가보는 것이 필요합니다. 자신감을 회복하기 위해서 말입니다. 누구나 좋았던 모습 하나쯤은 간직하고 있을 것입니다. 그때의 그 모습으로 앞날을 살아가면 되는 것입니다. 아주 단순하게 말입니다. 화려하지 않은 인생이어도 좋습니다. 그렇다고 슬퍼할 필요는 없습니다. 어린 시절처럼 단순하면서 묵묵히 자신의 길을 걸어가면 됩니다.

자신감을 갖기 위한 나의 10계명

어린 시절부터 자신감이 없었던 제게 누군가 인생살이에서 제일 소중한 것이 무엇인지 묻는다면, 저는 '자신감'이라고 대답할 것입니다. 30대 중반이 될 때까지 저는 자신감이 없는 사람이었습니다. 자신감을 갖기 위해 제 나름대로 피나는 노력을 했습니다. 자기최면도 걸어보고 짧은 명언도 암송했습니다. 그리고 지금도 패기와 에너지가 넘치는 사람으로 살아가고자 열심히 노력하고 있습니다.

자신감이란 자기 스스로를 믿는 마음입니다. 심리학에서는 '긍정적인 자기 개념'이라고 합니다. 이것은 자신에 대한 긍정적인 믿음과 평가에 기초합니다. 자신감은 모든 일을 하는 데 기본 바탕이 됩니다. 따라서 모든 일에는 자신감을 갖기 위한 노력이 절대적으로 필요합니다. 작은 일이든 큰일이든 성취감을 맛볼 필요가 있습니다. 그 성취감이 다음 일을 할 때 자신감으로 나타나기 때문입니다. 다음의 열 가지는 제가 자신감을 갖기 위해 노력했던 방법입니다.

일단 부딪쳐보자

아주 멀리 도망치고 싶을 때가 있습니다. 하지만 도망칠 수 없습니다. 그럴 때는 '그래! 일단 부딪치고 깨져보자'고 생각합니다. '얼마나 아픈지 한 번 맞아보자'고 생각합니다. 처음부터 깨질 각오를 하는 것이지요. 하지만 결과적으로 완전히 깨진 적은 많지 않았습니다.

두려움을 몰아내자

두려움을 이기기 위해서는 신속한 결정과 과감한 행동이 필요합니다. '장고 끝에 악수를 둔다'는 말을 교훈으로 삼아야 합니다. "배가 떠날 때 폭풍우가 몰아칠 수 있다는 가능성을 알았다면, 그 누구도 아직 대양을 횡단하지 못했으리라"라고 말한 찰스 케터링의 말을 음미해볼 필요가 있습니다.

지금 당장 시작하자

모든 일의 출발점은 '지금, 바로 여기'입니다. 작은 일이든 큰일이든 우선 시작해볼 일입니다. '시작이 반'이라는 말을 믿어야 합니다. 먼저 뛰어들고, 나중에 계획을 세우면서 가면 됩니다. 저는 단순사고형 인간이라서 지금도 무슨 일을 할 때면 일단 저지르고 난

다음 계획을 세웁니다. 하다가 중단하는 일도 있지만 말입니다.

자신의 한계를 인정하지 말자

저는 '머리가 나쁘다' '체력이 약하다' '의지력이 약하다' '재주가 없다' '운이 나쁘다'는 말을 믿지 않습니다. 그저 단순히 제 잠재력과 가능성이 어디까지인가를 시험해보겠다는 자세로 살아가고자 합니다. 저에게 힘을 주는 것이라면 무슨 일이든 감당할 수 있다고 생각합니다. 체력이든 그 무엇이든 '정점을 한번 찍어보자'는 것이 제 생각입니다.

오늘 하루를 충실히 살자

하루하루 충실하게 살아야 합니다. 하루살이가 되어야 합니다. 저에게 내일은 없습니다. 순간이 모여 제 일생이 된다는 것을 경험했기 때문입니다. 시간은 돈보다 중요합니다. 시간은 저축할 수도, 빌릴 수도 없기 때문입니다.

노력하고, 또 노력하자

제 부족한 점은 노력으로 극복하겠다고 마음을 먹었습니다. '승리의 여신은 노력을 사랑한다'는 말을 믿기로 했습니다. 타고난 머리나 체력, 재주가 없음은 노력으로 이겨낼 수 있기 때문입니다.

시작했으면 끝을 보자

저는 제가 가진 모든 것을 쏟아부어보자는 생각으로 일합니다.

전력투구하다가 그 자리에서 죽어보자고 생각한 적도 있습니다. 절박감이 있으면 절대 죽지 않고 끝을 볼 수 있다고 믿습니다.

반복하고 집중하자

한 가지 일을 반복하고 또 반복해서 체화하는 것이 중요합니다. 자연스러워질 때까지 반복합니다. 반복의 학습 효과는 정말 큽니다. 예를 들어 지긋지긋했던 장기간의 고시 생활은 저를 학원의 명강사로 만들어주었습니다. 또 운전면허시험을 칠전팔기에 합격한 것도 운전기술이 체화되어 그후의 운전에 도움이 되었습니다. 다 반복의 효과였습니다.

신께 간절히 구하자

'지성이면 감천'이라는 말도 있지 않습니까. 성성을 다해 구해보아야 합니다. 하늘을 감동시켜봅시다. 저는 '하늘은 스스로 돕는 자를 돕는다'는 말과 '하늘이 무너져도 솟아날 구멍이 있다'는 말을 제일 좋아합니다.

절대로 포기하지 말자

아무리 어려운 일이라도 '요까짓 것' 하는 자세로 힘을 냅니다. 될 때까지 하기로 마음먹습니다. '우공이산愚公移山'이라는 말을 실천하려고 노력하는 것이지요. 제가 못하면 아들이 하고, 아들이 못하면 손자가 하면 되는 것 아니겠습니까?

자신의 모습이 싫어지면

'참 좋았던 그때의 나'로 돌아가보세요

인생살이에서 가장 소중한 것은 '자신감'입니다

모든 일의 바탕은 스스로를 믿는 마음입니다

lateness life

저는 왜
인생의 목표가 없을까요?

"교수님의 이메일을 받고 몹시 기뻤습니다. 저는 요즘 취업 준비 겸 사회생활 경험을 위해 한 어학원에서 아이들을 관리하는 아르바이트를 하고 있습니다. 취업원서는 공기업에 낼지, 대기업에 낼지, 아니면 금융기관에 낼지 아무것도 정하지 못했습니다. 아직도 인생의 목표 없이 방황하는 것 같아 마음이 무겁기만 합니다."

처음 P를 만났을 때 그는 자신 없는 모습으로 "저는 목표 없이 표류하는 놈입니다"라고 말하면서 웃었습니다. 목표가 있다면 취업을 해서 안정적인 삶을 사는 것이라고 했습니다. 대학에 들어온 후부터 인생의 목표 없이 생활하고 있는데, 주위 친구들은 제 나름대로 목표를 세우고 살아가는 것 같아 항상 불안하다고 했습니다. P는 대학 4학년이 되어서야 진로와 인생의 목표에 대해 고민하고 있습니다.

유치원이나 초등학교에 다닐 때는 엄마가 시키는 대로 했습니다. 중학교에 가서도 마찬가지였습니다. 고등학생 때 목표도 엄마가 정해주었습니다. 좋은 대학에 들어가야 취직이 잘되니 좋은 점수를 받아야 한다고 말입니다. P는 엄마의 말을 따라 최선을 다했고, 원하는 대학은 아니지만 그래도 취업이 잘된다는 대학에 들어갔습니다.

그런데 대학생이 된 후에는 공부에 의욕이 생기지 않았습니다. 다른 일에도 비슷했습니다. 점수 경쟁은 치열했지만 그저 막연하게 공부를 하다보니 성적이 잘 나오지 않았습니다. 친구가 학원을 다니면 P도 친구를 따라 학원을 다녔습니다. 친구가 어학연수를 가고 인턴을 하면 P도 그렇게 했습니다. 자신에게 꼭 필요해서 무엇을 한 것이 아니라, 주위에서 하니 그저 따라한 것입니다. 시간이 지날수록 부모나 친구를 따라 무작정 무엇인가를 하는 생활이 지겨워졌습니다. 하지만 스스로 무엇을 해야 할지 결정하는 것은 자신이 없었습니다. 누군가가 이것을 하라고 콕 찍어주는 것이 차라리 편하다는 생각이 들었습니다. 중고등학생 때처럼 말입니다.

저는 P에게 취업도 인생의 목표일 수 있다고 말했습니다. 다만 어떤 회사이고 어떤 직종인지 다른 사람에게 의존하지 말고 스스로 정해야 한다고 말이죠. 그래야 목표의식이 생깁니다. 직장이 인생의 목표를 실현할 수 있으면 더욱 좋겠지만, 인생의 목표는 결국 스스로 찾아야 합니다.

발로 뛰며 부탁해야 할 때도 있습니다

제가 초등학교 6학년 때의 일입니다. 당시에는 석간신문이었던 중앙일보에서 일하게 되었습니다. 어느 날 방과 후 보급소에 갔더니 15일 동안 '신문확장대회'를 연다고 했습니다. 신문보급소에서는 구독자를 늘리기 위해 주기적으로 신문확장대회를 열었습니다. 요즘은 상품권이나 자전거를 주는 등 다양한 수단이 이용되지만, 당시에는 경품이란 게 전혀 없었습니다. 오로지 발로 뛰며 부탁하고 매달려보는 수밖에 다른 도리가 없었습니다.

하지만 저는 자신이 있었습니다. 비록 제일 어린 초등학생이었지만 신문확장대회 때면 저는 항상 순위 안에 들었습니다. 다만 1등을 한 적은 없었습니다. 그래서 이번에는 반드시 1등을 한번 해보리라고 마음을 먹었습니다. 드디어 실력을 발휘할 기회가 온 것입니다.

어떤 면에서는 부자 동네보다 구역이 넓은 변두리 동네가 확장에 유리합니다. 어느 정도 사는 집은 이미 다른 신문을 구독하고 있거나, 초인종을 눌러도 대문조차 열어주지 않는 등 신문 구독을 권하기가 힘듭니다. 그만큼 확장에는 불리했습니다. 하지만 변두리 동네는 대개 대문이 열려 있고, 또 신문을 구독하지 않는 집이 많아서 상대적으로 유리했습니다.

저는 신문배달을 하면서 가끔 제 구역 사람들에게 인심을 썼습니다. 보급소에서 몇 부 슬쩍해온 신문을 팔아서 돈을 챙기기도 했지만, 남는 신문을 사람들에게 공짜로 주기도 한 것입니다. '신문 안 본다'고 말하는 아저씨와 아줌마도 "남아서 드리는 거예요" 라고 하면 덥석덥석 잘도 받았습니다. 사실 어떤 의도를 가지고 한 일은 아니었지만, 이것이 신문을 확장하는 데 큰 도움이 되었습니다. 가끔 신문을 공짜로 받아보던 아저씨들이 자연스럽게 저와 친해지면서 신문을 구독하는 일이 늘어난 것입니다.

보급소 벽에 붙어 있는 공고를 읽어보았습니다. 15일 동안 15부 이상을 확장해야 1등을 할 수 있었습니다. 1등부터 3등까지는 꽤 큰 상금이 걸려 있었습니다. 배달 소년들은 모두 군침을 꿀꺽 삼켰습니다. 모두들 한 푼이라도 더 벌어야 하는 사람들이었기 때문입니다. 저는 15일 동안 매일 한 부씩 확장하겠다는 목표를 세웠습니다. 열다섯 집 정도를 구독하게 하면 1등을 할 수 있었습니다. 그래서 신문 확장이 가능한 집들을 차례차례 방문해서 설득하기 시작했습니다. 하지만 생각처럼 쉬운 일은 아니었습니다. 남는 신문을 파는 것보다 훨씬 더 어려웠습니다. 가끔 신문을 공짜로 받았던 아저씨들을 집중적으로 공략했습니다.

"아저씨, 요새 우리 보급소에서 신문확장대회를 하는데요. 순위 안에 들면 상금을 받거든요. 저는 꼭 일등을 해야 해요. 고학생인데 도와주세요. 정말 공부 열심히 할게요."

이렇게 부탁하면 가끔 응해주는 분도 있었지만 대부분의 아저씨들은 쉽게 응하지 않았습니다. 그래서 다른 방법을 써보았습니다.

"아저씨, 신문값 깎아드릴게요. 다른 집은 한 달에 사백오십 원 받는데, 아저씨는 사백 원만 내세요, 예?"

"네가 아무리 그래도 난 안 봐."

4백 원에 준다고 해도 안 보겠다고 하면 350원에 주겠다고 설득했습니다. 백 원을 깎아주겠다고 하면 구독하겠다는 사람이 더러 있었습니다. 당시는 구독료를 할인해주는 경우가 많았습니다. 특히 변두리 지역은 가격 할인이 더욱 심했습니다. 하지만 이렇게 많이 깎아주겠다는데 끝까지 버티는 사람도 있었습니다. 그 가운데 으뜸은 목공소 아저씨였습니다. 저는 특별 공세를 퍼붓기로 했습니다.

"아저씨, 매주 나오는 주간지 있는 거 아시지요? 그거 한 달에 두 번 공짜로 드릴게요, 예?"

"안 본다니까."

아저씨는 짜증 섞인 목소리로 단칼에 거절했습니다. 그런데 바로 그때 옆에 앉아 있던 아저씨의 부인이 후닥닥 일어나면서 거들고 나섰습니다.

"아이고, 주간지도 공짜로 준다는데 왜 안 봐. 신문값도 깎아주고……"

큰 입에 뻐드렁니가 도드라진, 마음씨 좋게 생긴 아줌마였습니다. 저는 이때를 놓칠세라 재빨리 직업의식을 발휘했습니다.

"아줌마, 저는 신문배달 해서 번 돈으로 학비도 내고 부모님 생활비도 보내드리거든요. 아줌마가 신문 한 부 봐주시면 제게는 정말 큰 도움이 될 거예요."

"이봐, 학생, 여기 신문 넣어. 내가 책임질게."

목공소 아줌마는 아저씨를 향해 한심하다는 표정을 지어 보였습니다. 저는 이 아줌마가 좋아졌습니다. 아줌마의 기세에 눌린 아저씨는 아무 말도 하지 않고 저를 멀뚱멀뚱 쳐다보고만 있었습니다.

"학생, 주간지에 좋은 그림도 많이 나오지? 전에 본 적이 있는데 여배우들도 나오고 볼만한 게 많더라고."

그러면서 아줌마는 큰 입을 벌리고 웃었는데, 이상하게 아름다워 보이기까지 했습니다.

보급소에서는 사무실 벽에 구역별로 배달 소년들의 이름을 써 붙이고는 경쟁을 부추기며 신문 확장을 독려했습니다. 처음에는 별로 차이가 나지 않았지만 하루하루 지나면서 선두 그룹과 후미 그룹으로 나뉘어갔습니다. 저도 선두 대열에 끼여 경쟁심을 한창 달구고 있었습니다.

가능한 방법은 전부 동원했습니다. 우선 친한 친구들에게 신문을 보라고 권했습니다. 세상 돌아가는 사정을 알려면 신문을 봐야 하지 않겠느냐는 게 제 주된 전략이었습니다. 물론 별 소득이 없었습니다. 그동안 번 돈으로 만두와 떡볶이를 그렇게나 많이 사주었건만 녀석들은 비협조적이었습니다.

저는 매일 신문을 공짜로 주었던 아저씨들을 찾아다니며 쉬지 않고 공략했습니다.

"아저씨, 저는 누나하고 둘이 살거든요. 부모님은 시골에 계시고, 누나하고 제가 돈을 벌어서 시골에 보내드리고 있어요. 이번 신문확장대회에는 큰 상금이 걸려 있거든요. 상금을 받으면 시골에 계신 부모님께 보내드릴 거예요. 아저씨, 신문 한 부만 봐주세요, 예?"

이제는 이골이 나서 아무리 거짓말을 해도 얼굴색 하나 변하지 않았습니다. 그렇게 하면 가끔 제 설득에 넘어오는 아저씨가 있었습니다. 제가 불쌍한 고학생이니 신문을 봐주겠다는 것이었지요. 불쌍하든 불쌍하지 않든 저는 관심이 없었습니다. 오로지 1등을 하기 위해서 벌이는 짓거리였습니다.

드디어 윤곽이 드러나기 시작했습니다. S중학교에 다니는 H형이 1등을 달리고 있었고, 제가 그뒤를 바짝 따르고 있었습니다. H형은 키가 작았지만 깡이 있어서 후배들이 많이 따랐습니다. 저도 역시 H형을 참 잘 따랐습니다. 하지만 이번에는 서로 경쟁자가 되다보니 한편으로 마음이 편치 않기도 했습니다. 14일째 되는 날이었습니다. 이제 딱 하루 남았습니다. H형과 저는 한 부 차이였습니다. 그동안 H형은 14부를, 저는 13부를 확장했습니다. 저는 각오를 단단히 했습니다. 무슨 일이 있어도 오늘 뒤집어야 한다고 결심했습니다.

15일째 되는 날, 저는 지금까지 공을 들였던 모든 집을 다시 한 번 방문해 신문 한 부만 봐달라고 설득하고 다녔습니다. 꽤 영악했던 저는 불쌍해 보이려고 무척 노력했습니다. 마지막 날까지 포기하지 않고 찾아가서 하소연한 것이 효험이 있어서인지 그날 저는 무려 여섯 부나 확장할 수 있었습니다. 참으로 엄청난 수확이었습니다.

저는 흥분으로 뛰는 가슴을 감당하기 어려웠습니다. H형이 아무리 뛰어나도 하루에 여섯 부를 확장하지는 못할 것이라는 확신 때문이었습니다. 보급소장과 총무들, 다른 신문배달 형들이 놀랄

것을 생각하니 기분이 째지게 좋았습니다.

누구의 행복이 중요한가요

사람은 누구나 목표를 정하고 살아갑니다. 하루의 목표가 있고, 일주일, 한 달, 일 년의 목표가 있습니다. 그리고 인생의 목표가 있습니다. 결국 우리가 작은 목표를 세우는 것은 행복이라는 인생의 큰 목표를 달성하기 위한 것입니다. 어린아이건 어른이건 마찬가지입니다.

즐거움을 찾기 '위하여' 하루를 보내는 사람도 있고, 외국어에 능통해지기 '위하여', 사랑하는 사람을 '위하여', 회사에서 주어진 일을 하기 '위하여' 하루를 보내는 사람도 있습니다.

일 년을 보내는 경우는 조금 다를 수 있습니다. 신년이 되면 대개 사람들은 '올해는 무엇을 해봐야지' 하고 계획을 세웁니다. 저는 올해 제 아이들과 좀더 놀아주기 위한 것이 목표입니다. 또 매월 한 번씩 우리나라의 큰 산을 오르는 것이 목표입니다.

인생의 목표는 사람마다 다릅니다. 목표가 없다는 사람도 있지만 가만히 들여다보면 그런 사람에게도 그 나름의 목표가 있습니다. 실직한 제 친구는 가정을 위하여 무엇을 할 것인지를 고민합니다. 학생들은 실력 향상을 위하여 노력합니다. 회사원들도 승진이나 실적 향상을 위하여 고군분투합니다.

갓난아기가 걸음마를 배우고 말을 익히는 것은 '본능적인' 목표일 것입니다. 초등학교에 들어가면서부터는 그 무엇인가를 하기 위하여 살아갑니다. 이것은 '이성적인' 목표라고 할 수 있겠지요. 부모가 자식 교육을 위하여 일부러 화를 낸다거나, 직장 상사가 부하직원에게 업무상 화를 내는 것은 '감정적인' 목표인지 모릅니다. 참는 것만이 능사는 아니라면서 일부러 화를 내는 경우 말입니다.

사람마다 추구하는 목표는 다릅니다. 목표를 정하고 살아가는 사람과 그렇지 않은 사람의 삶에는 큰 차이가 생기게 됩니다. 보람을 느끼는 정도가 다른 것은 물론이고, 그 결과에도 영향을 미치기 때문이지요. 분명한 목표를 설정하고 행동으로 옮기는 것이 보다 잘 살 수 있는 방법일 것입니다. 목표를 정한다는 것은 마음에 불을 지피는 것입니다. 마음속에서 불이 훨훨 타야 목표를 달성할 수 있으니까요.

목표를 향해 가는 길에는 기한을 정해야 합니다. 누구나 경험으로 아는 일일 겁니다. 기한을 정하지 않으면 목표를 상실한 채 표류할 수도 있으니까요. 그러니 항상 기한을 정하고 목적지를 향해 갈 일입니다. 그 기한까지 일을 마치지 못하더라도 말입니다. 그래야 낭비되는 시간을 줄일 수 있습니다.

올림픽 게임에 참가한 선수들은 어릴 때부터 목표를 정하고 달린다고 합니다. 수영 천재 박태환 선수를 예로 들어 보겠습니다. 박태환은 다섯 살 때 의사의 말에 따라 천식을 치료하기 위해 수영을 시작했습니다. 그러다가 초등학교 때 수영선수가 되었습니다. 이때부터 한국 신기록 경신을 목표로 삼았다고 합니다. 초등학생

목표를 세우는 일은 마음속에 불을 지피는 일인지도 모릅니다

그 마음의 불을 어떻게 잘 다루느냐에 따라

인생의 큰 행복이 결정됩니다

때부터 수영장에서 연습하는 두 시간 내내 목표를 달성하기 위해 최선을 다했습니다. 박태환의 신체조건은 세계 정상을 놓고 경쟁하는 다른 선수들과 비교할 때 뛰어나지 않은 편입니다. 하지만 뚜렷한 목표가 있었고, 피나는 노력과 강한 승부욕이 있었기 때문에 열아홉 살 나이에 2008년 베이징 올림픽 자유형 4백 미터에서 금메달을 목에 걸게 됩니다. 그리고 세계 신기록 경신이라는 다음 목표를 정할 수 있었습니다.

올림픽에 참가한 선수들은 4년마다 열리는 그날을 위해 끊임없이 연습하고 단련하면서 시간을 보냅니다. 모든 선수들이 금메달 획득을 목표로 했을 것입니다. 하루, 일주일, 한 달, 일 년 계획을 세워 목표를 달성하고자 달렸을 것입니다. 물론 꼭 메달을 획득해야 빛나는 삶을 사는 것은 아닙니다. 메달을 목에 걸지 못한 선수들도 목표를 설정하고 살아온 것만은 분명합니다. 그들도 연습 중에는 '난 참 열심히 살고 있구나' 하는 기쁨을 맛봤을 것이고, 실전에 나가서는 아쉽기는 하지만 최선을 다했다는 행복감을 맛봤을 것입니다. 인생에서 자기 자신이 느끼는 행복감이 더 중요합니까? 아니면 자신의 인생을 구경하는 관람객의 행복감이 더 중요합니까? 그것이 목표를 설정하는 이유입니다.

lateness life

폭행전과가 있어도...... 취직이 될까요?

"저는 젊은 나이에 안 해본 일이 거의 없습니다. 고등학교에 다닐 때는 폭행사고를 일으켜 감옥에도 갔다 왔습니다. 정말 열심히 살아보려고 해도 모든 것이 싫고 화가 날 때가 많습니다. 하루하루를 참으면서 살고 있습니다. 언젠가 또 사고를 칠 것 같은 마음이 들어 불안하기도 합니다. 학교를 졸업해도 전과가 있어 취직이 될 것 같지 않습니다. 교수님, 저는 어떡해야 합니까?"

제가 대학에 처음 부임하여 야간학부 수업을 할 때입니다. 야간학부에는 상대적으로 나이가 많은 학생과 직장인이 많았습니다. 열심히 출석하고 과제를 제출하는 학생도 있었지만, 직장생활로 바쁘다보니 출석률도 좋지 않고 과제 제출도 제때 하지 못하는 학생도 있었습니다. 그중에서도 유독 수업을 자주 빠지고 과제도 거의 내지 않는, 인상이 조금은 '무섭게' 생긴 학생 한 명이 있었습니다.

수업 중간에 잠시 쉬는 시간이 되면 저는 학생들에게 어느 직장을 다니느냐, 퇴근 후 수업에 들어오려면 힘들지 않느냐, 내가 너무 수업을 어렵게 하지는 않느냐 등등의 이야기를 나누었습니다. 어느 날입니다. 그 학생도 수업에 들어왔습니다. 전반부 강의를 하고 쉬는 시간이 되었습니다. 학생들의 질문을 받느라 조금 늦게 교실 밖으로 나왔더니 인상이 무섭게 생긴 그 학생이 혼자 담배를 피우고 있었습니다.

그가 N입니다. N과의 인연은 이렇게 시작되었습니다. 수업에 들어오는 날이면 이것저것 사는 이야기를 나누게 되었습니다. N은 스물여덟 살이었고, 조그만 회사에 다니고 있었습니다. 뭔가 사연이 있는 것 같은 느낌이었습니다. 세세 무슨 말인가 하려다가 멈춘 적이 몇 번 있었거든요. 강의 마지막날이 되었습니다. 그 학생은 제게 하고 싶은 말이 있는데 주저하게 된다며 그날 밤 메일을 보내겠다고 이야기했습니다. 그렇게 받은 메일의 내용은 다음과 같습니다.

N은 어릴 때 아버지가 세상을 떠났고, 어머니와 동생 둘과 함께 살았습니다. 중학교 때부터 싸움질을 일삼다가 고등학교 때 퇴학을 당했습니다. 소년원에도 갔다 왔으며 폭행 전과도 몇 개 있다고 했습니다. 대학생이 부러워서 검정고시를 치렀습니다. 전과가 취업에 방해된 적도 있었는데, 지금은 작은 회사에서 일하며 야간대학을 다니게 되어 다행이라고 했습니다. 다만 열심히 살고 싶

어도 또 사고를 치고 감옥에 갈까봐 불안하다고 했습니다. 대학을 졸업해도 전과가 있어 좋은 곳에 취직이 될 것 같지 않아 걱정이기도 합니다. 자신을 믿을 수 없다는 것도 N의 불안 중 하나인 듯했습니다.

내가 나를 못 믿으면, 누가 나를 믿겠습니까

제가 학교 선생이 되기 전 변호사로 일할 때입니다. 지인인 K변호사가 전화를 걸어왔습니다. 어떤 회사가 소송을 해야 하는데, 그 회사의 P사장을 모시고 제 사무실로 찾아오겠다는 것이었습니다. 저는 K변호사가 직접 하면 되지 않느냐고 말했습니다. K는 사건의 성격상 제가 하는 것이 맞을 것 같다고 했습니다. 제가 그 분야의 전문가라고 칭찬까지 하면서 말입니다.

그래서 저는 K변호사, P사장과 회의를 했습니다. 저는 이 사건은 소송을 해도 거의 이길 수 없는 사안이라고 말하면서 수임할 생각이 없음을 밝혔습니다. P사장은 이길 수 없는 사건이라는 말에 희망의 끈을 놓는 표정이었습니다. K변호사는 그래도 한번 해보자고 말했고, 결국 저는 그 사건을 수임하게 되었습니다. 하지만 예상대로 패소하고 말았습니다.

그후 우연히 길에서 P사장과 두 번 정도 마주쳤습니다. P사장은 언제 식사나 한번 하자고 말했지만, 저는 패소한 일이 기억에 남아 있어 먼저 만나자는 말을 하기가 쉽지 않았습니다. 그때 그 사건은 P사장에겐 사활이 걸린 일이었습니다.

연말이라서 휴대전화로 새해 인사를 전하는 문자를 지인들에게 보냈습니다. 나중에 보니 제 휴대전화에 저장되지 않은 번호로 부재중 전화가 남겨져 있었습니다. 그 번호로 전화를 걸었습니다. P사장이었습니다.

P사장은 "이변호사, 얼마 전 강남역 근처를 지나다가 이변호사를 보고 알은척을 했는데 쳐다보지도 않고 그냥 지나쳐서 서운했어요" 하고 말하면서 크게 웃었습니다.

"예? 그럴 리가요. 저는 그런 사람이 아닙니다. 아마도 다른 생각을 하느라고 못 보고 지나갔을 겁니다. 하여간 죄송합니다. 사과하는 뜻에서 제가 점심 한번 모시겠습니다."

"그럽시다. 다음주에 한번 봅시다."

"다음주면 새해이니 제가 전화드리겠습니다."

새해가 되었고, 저는 P사장과 점심을 하게 되었습니다. 낮 12시에 만나 점심식사를 한 후 오후 4시 30분까지 찻집에서 이야기를 나누었습니다. 우리는 서로에게 반했습니다. 인연이란 참으로 알 수 없는 것이더군요. P사장은 그 자리에서 바로 저에게 자기 회사의 고문변호사를 맡아달라고 청했습니다. 우리는 일주일 내내 거의 매일 만나기도 했습니다. 연애하는 것도 아닌데, 그렇게 자주 만나느냐고 아내가 시샘을 할 정도였습니다.

P사장은 젊어서 고생을 많이 했습니다. 겉보기에는 전혀 고생한 사람으로 보이지 않지만, 그는 중학교 2학년 때 아버지를 잃었습니다. 어머니와 동생 셋과 함께 남겨진 그는 고등학교 진학을

포기했습니다. 장남이라 어머니와 동생들의 생계를 책임져야 했기 때문입니다. 그는 시골에서 농사를 짓다가 10대 후반에 서울로 올라왔습니다. 서울에서 공장을 전전하며 생활했습니다. 전자기기 및 기계에 관한 공장이었습니다. 독학으로 공부도 게을리하지 않았습니다. 그렇게 틈틈이 공부를 해서 대학원까지 졸업했습니다. 그후 P사장은 다니던 공장을 그만두고 창업을 했습니다. 사장이 된 것입니다. 수많은 실패와 고생 끝에 낙이 찾아왔습니다.

저는 P사장이 창업한 회사의 '창립 20주년 기념행사'에 초대받았습니다. 창립 후 처음 갖는 행사라고 했습니다. 그 행사에 축사를 하기 위해 나이 지긋한 한 독일인 노신사가 연단으로 올라갔습니다. P사장과 20년간 인연을 이어오고 있다고 했습니다.

20년 전 회사를 창업한 P사장은 이 독일인을 찾아갔습니다. 다짜고짜 사업을 시작했는데 거래를 하고 싶다, 제품이 좋지 않으면 물건값을 받지 않겠다, 도와주면 평생 은혜를 잊지 않겠다고 했답니다. 사업의 달인이었던 그 독일인은 P사장을 한눈에 알아보고 거래를 하기로 했습니다. 그는 P사장이 자기신뢰가 강한 사람이었다고 했습니다. 그리고 그 우정이 20년간 지속된 것입니다. 그 독일인은 유독 '자기신뢰self-reliance'라는 영어 단어를 힘주어 강조했습니다.

그후 저는 P사장을 더 많이 알게 되었고, 그분의 이야기를 들으면서 존경하게 되었습니다. P사장은 다음과 같은 말을 했습니다. "살아가면서 제일 중요한 것은 어려운 환경에서도 자신을 믿고 확신을 갖는 것입니다. 내가 나를 믿지 못하면, 누가 나를 믿어주겠습니까."

'돌아갈 수 없는 강'이란 없습니다

변호사로 활동할 때 국선변호인으로 서울구치소에 접견을 간 적이 있습니다. 그곳에는 불쌍한 사람도, 안타까운 사람도 있었습니다. 사연이 없는 사람은 없었습니다. 개인의 잘못도 있지만 '주어진 환경이 사람을 이렇게도 만드는구나'라는 생각이 들기도 했습니다. 그들을 접견하면서 느낀 것은, 이들에게는 유독 스스로에 대한 믿음이 전혀 없다는 사실이었습니다. '나도 잘할 수 있다' '나도 괜찮은 사람이야'라는 생각보다 '나는 어쩔 수 없다' '나는 형편없는 놈이야'라는 생각을 더 많이 하고 있었습니다. 자존감이나 자기신뢰가 없어서 그런 것입니다.

오래전 형사사건을 맡았을 때의 일입니다. 의뢰인인 W사장이 처음 저를 찾아왔습니다. 명함을 받는데 인상이 참 좋았습니다. 대화를 나눠보니 품위와 교양이 넘쳤습니다. 이런 사람이 형사사건에 연루되다니 하는 생각을 했습니다. 그후 업무 처리를 위해 형사 기록을 보았습니다. 그런데 충격적이게도 전과가 많았습니다. 나중에 W사장과 소주 한잔 마시며 저녁식사를 하게 되었습니다. 그가 자신이 살아온 과거를 말했습니다. 눈물이 핑 돌았습니다. 그야말로 '산전수전 공중전' 다 겪은 사람이었습니다.

"감옥을 들락거리면서 바보 멍청이로 인생을 살아간다는 생각을 했습니다. 어릴 때 순진했던 제 모습으로 돌아가고 싶었습니다. 그때는 자신감도 있었고, 나 자신을 믿는 마음도 컸으니까요. 과거와 단절하고 새 삶을 살기로 결심했지요."

W사장은 참는 것의 어려움도 말했습니다. 감옥을 들락거리다 보니 또 사고를 칠지도 모른다는 불안감이 컸습니다. 그래서 무슨 일이 있어도 참자고 다짐했답니다.

삶에는 '돌아갈 수 없는 강'이 흐르는 것이 아닙니다. 인생에는 '돌아올 수 없는 지점'이 없습니다. 언제나 다시 '내가 원하는 나'로 돌아갈 수 있습니다. 다른 사람이 나를 차가운 마음으로 대할지라도 나 자신이 따뜻한 마음으로 스스로를 대하고 신뢰하는 것이 필요합니다. 자기신뢰는 최대의 자산인 것입니다.

lateness life

면접만 보면 눈앞이 노래져요

"면접시험에서 또 떨어졌습니다. 질문을 받고 얼른 생각이 나지 않아 그리 되었습니다. 저는 선입견과 편견이 심해 올바른 판난을 내리는 경우가 드문 것 같습니다. 그러다보니 엉뚱한 답변을 많이 합니다. 이번 면접에서도 무언가 부족한 답변만 일관성 없이 늘어놓다가 제지를 받기도 했습니다. 점점 자신이 없어집니다."

F는 면접위원의 질문을 받고 대답할 말이 생각나지 않으면 눈앞이 노래진다고 합니다. 그래서 당황하여 모순되는 대답을 하거나 일관성 있는 대답을 하지 못하는 일이 많습니다.

F는 대학에 들어오기 전부터 발표력이 부족했고, 자기주장을 한 적이 거의 없었으며, 누가 자신의 의견을 말하면 무조건 따라가는 일이 많았습니다. 한마디로 주관이 없었다고 합니다. 그래

서 대학에 들어와서는 동아리 활동을 열심히 했습니다. 모임을 하다보면 아무래도 문제가 생겼을 경우 회의가 필요할 테고, 그러면 자신도 의견을 말하리라 생각한 것이지요.

F가 동아리 활동을 할 때의 이야기입니다. 어떤 주제를 놓고 토론이 벌어졌습니다. 참석자들은 다양한 의견을 내놓았습니다. 그러나 F는 의견을 말하지 못했습니다. A의 말도, B의 말도, C의 말도 옳은 것 같았기 때문입니다. 이번에는 꼭 의견을 말해보려고 단단히 별렀지만 목구멍에서 말이 나오지 않더랍니다. 누군가의 의견으로 결론이 나면 그냥 다수가 따르는 의견에 동조하게 된답니다.

F는 완고한 할아버지와 함께 살아서 그런지 자신이 매우 보수적인 성격이라고 했습니다. 예를 들면 어릴 적 할아버지는 TV를 보면서 '여자는 요물이니 조심해야 한다'거나 '남녀칠세 부동석'이라는 전근대적인 말씀을 하시곤 했답니다. 그 영향을 받아서인지 F는 대학에 와서도 연애 한번 해보지 못했고, 소개팅에 나가도 여자에게 차이는 일이 많았습니다.

할아버지는 말이 많은 사람, 특히 말 많은 여자를 싫어했는데, 요즘 여자들이 조선시대에 태어났으면 '칠거지악'으로 집에서 쫓겨났을 거라고도 하셨답니다. 그래서 L은 '침묵은 금'이라는 말을 자신의 신조로 여기고 삽니다. 저는 L에게 이렇게 말했습니다.

"틀려도 좋으니까 네 생각이나 의견을 겸손하게 말하면 돼. 생각이나 의견은 틀릴 수도 있고, 맞을 수도 있어. 정답이 없을 수도 있고. 다만 생각이나 의견을 말할 때 가능하면 꼭 그 의견을 말하는 이유나 근거를 들어야 해. 다른 사람들도 제 생각이나 의견을 말할 때는 자신 없어 하니 크게 위축될 필요는 없어. 자기 판단에 자신 있는 사람은 그리 많지 않을 거야."

남자 중의 남자

'신언서판身言書判'이란 말이 있습니다. 사람의 용모를 뜻하는 신身, 말솜씨를 의미하는 언言, 글솜씨를 뜻하는 서書는 물론 중요합니다. 하지만 제일 중요한 것은 판判이라고 생각합니다. 앞의 세 가지가 아무리 뛰어나도 판단력이 부족하면 자신 또는 타인의 삶을 그르치기 쉽기 때문입니다. 특히 어느 조직이든 판단력이 부족한 사람이 지도자가 되면 그 조직은 망하기 쉽습니다.

여기 '남자 중의 남자'라고 하는 사람을 소개하고자 합니다. 『로마인 이야기』에 나오는 율리우스 카이사르입니다. 『로마인 이야기』 4권은 카이사르의 유년, 소년, 청년, 장년, 중년 시절을 다루고 있습니다. 이 책의 저자 시오노 나나미는 카이사르를 매력적인 인물로 그렸습니다. 카이사르는 마흔 살이 될 때까지는 존재감이 별로 없었습니다. 하지만 전형적인 대기만성형 인물로서 관대함과 실천력, 판단력을 겸비하고 있었지요.

저자는 카이사르를 '남자 중의 남자'로 묘사합니다. 카이사르는 수재형 인물은 아닙니다. 저자는 '머리가 좋은 사람'과 '판단력이 뛰어난 사람'을 구별합니다. 카이사르는 판단력이 뛰어난 사람에 속합니다. 적은 군사로도 갈리아의 반란을 수차례 진압한 그는 관습이나 상황에 얽매이지 않고 유연한 판단을 내리는 사람이었지요. 그의 판단력은 8년 동안의 갈리아 전쟁에서 빛을 발해 결국 카이사르는 갈리아 전쟁을 승리로 이끌게 됩니다. 때로는 유연하게, 때로는 결단성 있게 판단을 내리는 지도자의 모범을 카이사르는 보여줍니다.

판단력이 뛰어난 사람이 조직의 지도자가 되어야 그 조직은 앞으로 나아갈 수 있습니다. 가정의 지도자, 회사의 지도자, 국가의 지도자 등 각 분야의 지도자는 올바른 판단력을 갖추어야 합니다. 지도자를 꿈꾸는 청년이라면 한번쯤 카이사르의 삶을 들여다볼 필요가 있습니다.

사실 제가 사물의 이치를 깊이 생각하기 시작한 것은 오래되지 않습니다. 30대 초반까지도 스스로 생각하는 능력이 많이 부족했으니까요. 신문에서 읽은 것이나 방송에서 들은 것을 제 생각인 양 말하기도 했습니다. 읽은 책의 내용을 이해하지도 못하면서 그대로 받아들인 적도 있습니다. 그것이 맞는 것인지 틀린 것인지 판단하려 하지 않고, 그저 편한 것이 좋다는 사고방식의 소유자였지요.

한편으로는 생각하는 것을 귀찮게 여기기도 했습니다. 그래서 스스로 결정을 내리기보다는 제게 호감을 주는 선배나 사람을 따라가는 경우가 많았습니다. 물론 그렇지 못한 선배나 사람의 판단은 경원시했고요. 그러다보니 편견이나 선입견이 심했습니다.

고시공부를 하면서 사람이나 사물을 다양한 각도에서 바라보는 것이 필요하다는 것을 깨달았습니다. 타인의 생명, 신체, 재산에 대한 판단을 해야 하는 게 법조인이니까 말입니다. 그래서 스스로 생각해보고자 하는 마음을 먹었습니다. 점차 사물이나 사람을 보는 눈이 변하기 시작했습니다. 사물과 사람의 모습을 있는 그대로 보기 위해서는 깊이 생각하는 연습을 게을리하지 말아야 한다는 사실도 알게 되었습니다. 자기만의 생각과 신념을 가져야 그럴듯해 보이는 것에 현혹되지 않기 때문입니다. 그래야 올바른 판단을 내리고 말입니다.

당신의 의견은 무엇입니까

제가 변호사로 일할 때입니다. 변호사들은 법원에 제출하는 서면이나 기업체에 보내는 의견서를 직접 작성합니다. 그래서 자주 모여 회의를 합니다. 사실관계를 놓고 법률적 쟁점을 도출하기 위해서지요. 어떤 주장을 해야 하고, 그 주장을 뒷받침하는 증거는 무엇이며, 실제 증거가 있는지 없는지 판단합니다. 증거도 중요하지만 그보다는 사실관계를 정확히 파악하는 것이 더 중요합니다. 정확한 사실관계를 알아야 법정에서 제대로 주장을 펼 수 있고, 또 사실에 대한 법적 판단이 쉬워지고, 어떤 증거가 필요한지도 알 수 있기 때문입니다. 그래야 재판에서 이길 가능성이 크니까 말입니다.

변호사들끼리 회의를 하다보면 사실관계나 주장을 간단명료하게 정리하는 변호사가 있는가 하면, 그렇지 못한 사람도 있습니다. 저는 어중간한 사람이었습니다. 하지만 사건을 '사실관계–쟁점 정리–주장–증거'라는 간단한 등식에 맞게 정리한 후에 타당성 있고, 합리적이며, 상식적인 논리로 무장하면 편견을 배제하고 판단할 수 있었습니다.

중요한 판단을 내리는 회의에 참석한 경우에는 다수 의견이 되든 소수 의견이 되든 관계없이, 제가 스스로 제 생각이나 의견의 주체가 되어보고자 했습니다. 그래서 회의에서 주장을 하고자 할 때는 반드시 그 이유를 명확하게 제시하려고 노력했습니다.

저는 선입견이나 편견을 멀리하기 위해 한 신문을 오래 구독하지 않습니다. 신문도 기사 제목만 5분 정도 읽습니다. 한 신문만 오래 구독하다보니 그 신문의 논조나 사고에 빠져 그것이 제 사고를 지배했습니다. 한 신문에서 읽은 것을 제 의견인 양 떠들어댄 적도 있었습니다. TV도 여러 해 동안 보지 않았습니다. 편견이나 선입견을 갖기 싫어서입니다. 대신 인터넷으로 아침마다 여러 신문에 실린 같은 내용의 기사를 읽습니다. 그리고 사실관계를 대충 파악한 후에 제 나름대로 판단을 내려봅니다.

스스로 생각하는 습관을 들일 필요가 있습니다. 현재 자신의 생각을 확인해볼 필요가 있는 것이지요. '이것은 내 생각인가, 아니면 남에게 듣거나 배운 대로 생각하는 것은 아닌가, 오해나 편견은 없는가' 하고 따져보는 데서 시작하면 좋습니다. 자신의 생각인가, 아니면 남의 생각인가를 확인하자는 말입니다.

편견을 멀리하고 다른 사람의 의견을 듣는 것이 중요합니다. 편견이 강하면 판단이 흐려지기 때문입니다. 다른 사람의 의견이 옳은가, 아니면 옳지 않은가를 판단해야 합니다. 다른 사람의 의견이 옳지 않다면 어느 부분이 잘못되었는가를 생각해봅니다. 그리고 자신의 의견을 갖는 것이 중요합니다.

자신의 생각으로 의견을 정하려면 지식이 풍부해야 합니다. 그리고 겸손함도 필요합니다. 지식은 풍부해도 겸손하지 않은 사람은 상대방을 분노하게 하고 자기 스스로를 파국으로 이끌 수도 있기 때문입니다.

자신의 의견과 다른 사람의 의견은 언제나 다를 수 있습니다. 의견이 다르다고 해서 적대적이 되어서는 안 됩니다. 생각도 다르고, 의견도 다른 것이 당연한 것 아닙니까? 의견이 다르더라도 서로 존중한다면 그것으로 족합니다.

lateness life

도전해봐야 또 실패할 텐데요

“지난번에 면접을 본 A그룹 계열사에 합격했습니다. 제 처지를 비관하며 도전해봐야 실패할 거라고 생각했는데, 교수님과 이야기를 나눈 후에 마음을 바꿔서인지 좋은 소식을 듣게 되었습니다. 오랜 낙방 끝에 취업이 되니까 날씨도 좋아 보이고 모든 게 다 즐겁습니다. 곧 연락드리고 찾아뵙겠습니다.”

J는 휠체어를 타고 다닙니다. 초등학교 때 교통사고로 장애를 안게 된 것입니다. 고등학교 때는 장애인 처지를 비관하며 방황하느라 공부를 등한시했습니다. 그래서 사수 끝에 대학에 들어갔습니다. 대학생이 되었어도 J는 장애와 사수생이라는 것 때문에 열등감이 많았습니다. 졸업 무렵 장애인 차별이 없는 직업이 공무원이라는 생각에 공무원시험을 준비했습니다. 또 자신의 열등감을 한

번에 만회하고도 싶었습니다. 그래서 5급 공무원 공채 시험에 도전했습니다. 하지만 1차에서 번번이 고배를 마셨습니다.

5급 시험 실패로 자신감을 더욱 상실한 J는 7급 공무원시험에 도전을 했습니다. 5급보다 쉬울 줄 알았는데, 경쟁이 치열해서 그런지 7급 시험에도 여러 번 떨어졌습니다. 7급이라고 만만하게 보아서 그런 것 같았습니다.

대학 입시 때부터 워낙 많이 떨어지다보니 J는 시험에 도통 자신이 없었습니다. 또 자신이 무능하다는 생각에 새로운 일에 도전하는 것이 두려웠습니다. 도전해봐야 실패할 거라는 생각이 머릿속을 떠나지 않은 것입니다. 고민 끝에 공무원시험을 포기하고 취직시험에 도전하기로 했습니다. 하지만 장애인을 채용하는 회사는 많지 않아 절망감을 느꼈습니다. 그래도 공무원시험을 준비한 것이 도움이 되어 취직시험 공부는 어렵지 않았습니다. 한 회사에 지원했고 서류전형에 합격했습니다. 하지만 필기시험에서 떨어졌습니다. J는 자신감을 완전히 상실했습니다. 취직시험 경쟁률이 그렇게 치열한 줄은 몰랐습니다.

또다른 기업에서는 적성검사에서 떨어졌습니다. 필기시험을 통과해서 내심 최종 합격을 기대했는데, 면접도 치러보지 못하고 말았습니다. 저는 J를 위로해주고 싶었는데, 적당한 말이 떠오르지 않았습니다. 고개 숙인 채 휠체어를 타고 사라지는 J의 뒷모습을 바라보는 내내 마음이 몹시 아팠습니다.

한동안 J는 연락이 없었습니다. 그리고 거의 2년 후에야 연락이 왔습니다. 한 대기업에 최종 합격을 했다는 것입니다. 함께 식사를 했습니다. 표정이 아주 밝았습니다. 자신감을 되찾은 것 같았습니다.

웃을 수도 울 수도 없는 일

제가 운전면허증을 취득할 때의 일입니다. 저는 운전면허증도 서른아홉 살에야 갖게 되었습니다. 그런데 남들은 쉽게 합격하는 운전면허시험에서 웃지 못할 일이 발생했습니다. 당시 운전면허시험의 경우 1차 필기시험은 주소지 관할 경찰서에서, 2차 실기시험은 신청하는 운전면허시험장에서, 3차 도로주행은 2차 시험을 치른 시험장 근처의 도로에서 치렀습니다. 저는 필기시험 원서를 접수했습니다. 후배로부터 그가 이용했던 필기시험 문제집을 전달받았습니다. 그 문제집에는 문제마다 정답이 동그라미쳐져 있었습니다. 후배는 문제집을 세 시간 정도 공부하고 가면 쉽게 합격할 수 있다고 했습니다. 자기가 그렇게 했다는 것입니다. 저는 '저렇게 둔한 놈도 한 번에 붙는데, 나는 그냥 가서 찍어도 붙겠네'라고 생각했습니다.

시험장인 경찰서에 도착할 시간을 계산한 후 정확히 세 시간을 정하고 문제집을 읽기 시작했습니다. 그런데 문제가 생겼습니다. 시험장으로 출발할 시간은 다 되어가는데, 도저히 문제집을 다 볼 수 없었습니다. 미처 읽지 못한 부분에서 문제가 출제되지 않기를 간절히 바라면서 시험장으로 향했습니다. 버스 안에서도 문제집을 풀었습니다. 하지만 역부족이었습니다. 시험을 치르고 합격자 발표가 있었습니다. 2종 보통이라 70점이면 합격할 수 있었습니다. 그런데 저는 66점이었습니다. 정말 창피했습니다. 나이 드신 어르신도 한 번에 붙었다고 좋아하는데 말입니다. 문제집을 전해준 후배에게 전화를 걸어 따졌습니다. "야, 임마. 너 머리 좋다고 자랑한 거지? 도저히 세 시간 안에 다 풀 수 없던데, 왜 거짓말하고 그래?"

그후 두번째 시험에서 1차 필기에 합격했습니다. 2차 실기시험을 준비하기 위해 사당동에 있는 학원에 등록했습니다. 2주 동안 열심히 연습을 하고 강남운전면허시험장으로 갔습니다. 결과는 불합격이었습니다. 그후 강남운전면허시험장에서 세 번의 시험을 더 치렀습니다. 아내는 제 운동신경을 의심하기 시작했습니다.

"엄마도 두 번에 붙었는데, 당신 정말 이상하다. 나도 한 번에 붙었는데."

"……"

장모님과 자신은 운동신경이 뛰어나고 저는 둔하다는 소리로 들렸습니다. 신경질이 나서 대판 싸웠습니다. 그리고 사당동의 학원을 소개해준 후배에게 전화를 걸어 화풀이를 했습니다. 다시 등록한 학원에서도 어렵기는 마찬가지였습니다. 학원에 갈 때마다 강사가 바뀌는데, 이 강사는 '이렇게 하세요'라고 하고 저 강사는 '저렇게 하세요'라고 했습니다. 운전 요령이 강사마다 달랐습니다. 네번째 실기시험은 합격률이 높다는 북부면허시험장에서 치렀지만 그곳에서도 떨어졌습니다. 다섯번째 실기시험도 또 불합격이었습니다. 정말 울고 싶었습니다. 아내의 눈초리가 신경쓰였습니다.

여섯번째는 다시 강남운전면허시험장으로 갔습니다. 그곳에서는 거의 합격할 줄 알았습니다. 코스를 제대로 돌고 돌아 마지막 관문만 통과하면 합격이었습니다. 그런데 긴장이 풀려서인지 마지막 관문으로 들어가기 직전 빨간 신호등 앞에서 신호를 위반한 채 직진하고 말았습니다.

일곱번째는 합격률이 북부면허시험장만큼이나 높다는 서부면허시험장으로 갔습니다. 또 떨어졌습니다. 드디어 여덟번째가 돼서야 서부면허시험장에서 합격할 수 있었습니다. 그때의 감격은 정말 컸습니다. 아내에게 전화를 걸어 알렸고, 직장 동료들에게도 합격 소식을 알렸습니다.

저는 시험을 보는 동안 신호 위반, 주차 위반, 중앙선 침범 등으로 골고루 떨어졌습니다. 저는 실기시험에 칠전팔기로 합격했지만, 그것이 창피해 아내를 제외한 사람들에게는 삼전사기에 합격했다고 거짓말을 했습니다. 도로주행은 2차에 여러 번 떨어진 불쌍한 놈으로, 또 매우 바쁜 사람이라는 핑계를 대고 사정사정해서 동정심을 샀습니다. 그 덕분에 한번에 붙을 수 있었습니다.

도전이나 실패는 반드시 만나야 하는 불청객입니다

2005년 11월 6일 일본의 한 마라톤 대회에 참가한 열세 명의 아이들 중 열한 명이 6시간 51분이라는 놀라운 기록을 세우면서 42.195킬로미터의 마라톤 풀코스를 완주했습니다. 아이들과 함께 마라톤을 완주한 이는 일흔네 살의 데쓰무라 가즈오라는 사람입니다. 일본에서 잘 알려진 세이시 유치원 원장입니다.

세이시 유치원 아이들은 매일 아침 웃옷을 벗고 맨발로 운동장과 유치원 주변을 열 바퀴씩 달린다고 합니다. 매일 3킬로미터를 달리는 셈입니다. 특별한 날을 제외하고는 비가 내리거나 추운 겨울에도 반소매 셔츠 차림에 운동화를 신고 달린다고 합니다. 『기적의 유치원』이라는 책에서 이 글을 읽고 저는 스스로가 부끄러워졌습니다. 매일 운동을 하기로 계획은 세워놓았지만 게을러서 이 핑계 저 핑계를 대고 실천하지 못하는 날이 많기 때문입니다.

제가 2008년 8월 지리산 종주를 할 때입니다. 열 명의 어른들로 구성된 제가 속한 팀은 새벽 4시부터 야간산행을 시작했습니다. 야간산행을 경험한 사람은 알겠지만, 낮산행에 비해 위험이 매우 큽니다. 전체 총 열다섯 시간 이상이 걸렸습니다. 그런데 산행을 하는 도중 한 가족을 만났습니다. 젊은 부모와 초등학교 4학년인 딸아이가 산행을 하고 있었습니다. 서울에서 왔다는 이 가족은 우리나라의 큰 산을 매월 종주한다고 했습니다. 4학년 여자아이는 부모보다 더 산을 잘 탔습니다. 그 소녀가 저를 부끄럽게 했습니다. 저는 큰 산 종주를 무슨 자랑인 양 생각했기 때문입니다.

매월 열 시간 이상 걸리는 산행을 하다보면 어린 초등학생들이 부모와 함께 등산하는 것을 제법 봅니다. 그 아이들이 정말 대견합니다. 그렇게 씩씩할 수가 없습니다. 도전정신이 강한 아이는 어른을 부끄럽게 하는 힘이 있습니다.

도전과 실패는 인생길에 반드시 만나야 하는 불청객인지도 모릅니다. 어떤 도전이든 실수나 실패가 뒤따르는 것은 필연이라는 생각이 듭니다. 저는 실수나 실패를 많이 했습니다. 그래서인지 피할 수 없는 것이라면 의연하게 마주하자는 생각이 들었습니다. '네가 이기나, 내가 이기나 한번 해보자'는 생각도 해보았습니다. 실패를 반복하면서 제 모든 것을 걸어보기로 한 적도 있습니다.

나이를 먹고 나니 어린 시절의 실수나 실패가 제 자신을 만드는 데 많은 도움이 되었다는 것을 알게 되었습니다. 강인함과 의지력을 가질 수 있는 기회를 제공해준 것입니다. 반복되는 실패로 끝나느냐, 아니면 실패를 한밑천 삼아 재기하느냐는 결국 자기 자신에게 달린 것입니다.

어릴 때는 실수나 실패를 부끄럽게 여겨서 누구에게도 말하지 않았습니다. 그러나 마흔 살이 넘으면서 '실수나 실패 역시 나를 만든 내 역사'라는 생각을 하게 되었습니다. 쉰이 넘으면서는 '다 그렇고 그런 게 인생살이인데, 뭐가 부끄러운가?' 하는 생각에 저를 만들어준 많은 실수와 실패담을 편하게 말할 수 있게 되었습니다.

실패는 창피한 것이 아닙니다. 다만 몸과 마음을 지치게 할 뿐이지요. 그 지친 마음을 추스르는 힘을 갖는 것이 중요합니다. 칠전팔기 끝에 고시에 합격한 저는 시험에 떨어질 때마다 스스로 멍청이라고 생각했습니다. 불합격이라는 똑같은 일을 반복했기 때문입니다. 결국 새로운 방법을 찾아 시도해보기로 했습니다. 이런 모색이야말로 실수나 실패가 가져다주는 선물입니다. 새로운 방법은 성공으로 이끌 확률이 높습니다.

실수나 실패 후 '주저앉을 것인가, 아니면 다시 일어설 것인가' 하

인생은 생각보다 깁니다

실패를 몇 번 했느냐가 아니라

지치지 않고 끝까지 가는 것이 중요한 이유입니다

는 문제에 부딪힌 적도 있습니다. 그러나 다시 시작하기로 했습니다. 제 삶 자체를 포기할 수는 없었으니까요. 빨리 다시 시작해야 마음의 상처도 빨리 아물 수 있습니다. 마음은 아프지만 실패를 인정하고 새로운 방법을 찾아보기로 했습니다. 실패 후에는 '뒤돌아보지 마라. 옆도 쳐다보지 마라. 앞만 보고 단순하게 가라'는 말을 마음속에 새겼습니다.

살아가면서 느끼는 것은 인생이 생각보다 길다는 것입니다. 우리가 한평생을 사는 것은 마라톤과 같습니다. 처음에 앞에서 달렸다고 해서 끝까지 잘 달리는 것은 아닙니다. 처음에는 중간에서 달리거나 뒤에서 뛰더라도 마지막에 잘 달려서 승리하는 사람이 영광의 월계관을 쓰는 것입니다. 인생도 이와 같습니다. 우리 모두는 최후에 웃는 자가 되어야 합니다. 그러기 위해서는 끊임없는 도전과 반복되는 실패도 경험할 필요가 있습니다.

lateness life

회사를 때려치우고 싶습니다

"직장생활이 이렇게 어려운 줄 몰랐습니다. 수업시간에 교수님이 사회생활은 결코 만만하지 않다고 말씀하실 때 그래도 별일이야 있을까 생각했는데, 특히 기분이 나쁜 건 말을 함부로 하는 상사들이 많다는 겁니다. 복사 같은 잡일을 시키는 건 그렇다 쳐도 이건 뭐 욕지거리까지 해가면서 일을 시키는데…… 회사를 때려치우고 싶을 때가 한두 번이 아닙니다. 스트레스는 많이 쌓이는데, 그렇다고 어렵게 들어온 회사를 그만둘 수는 없고 실망스러운 모습을 보여드려 부끄럽습니다."

직장생활을 하고 있는 Q가 찾아왔습니다. 오랜만에 소주 한잔 대접하겠다고 합니다. 술자리에서 대화하는 것이 편할 것 같다고 말입니다. 직장 상사와 동료 때문에 스트레스를 받는다고 했습니다. 공기업에 근무하는 Q는 회사를 그만둘까 생각중이라고 합니다.

Q의 팀장은 부하직원들에게 업무 외의 일까지 포함해 지나치게 많은 일을 시킨다고 합니다. 가정에 심각한 문제가 있어 회사 직원들에게 그 스트레스를 푸는 것이 아닌가 하는 생각까지 들 정도랍니다.

회의 시간에도 준비 없이 참석하기 일쑤고, 업무 시간에 틈만 생기면 땡땡이를 칩니다. 가장 큰 문제는 윗사람에게 잘 보이려고 아첨을 해대는 것뿐 아니라, 잘한 일은 자기가 했다 하고, 잘못한 일은 부하직원의 책임으로 돌린다는 것입니다. 한마디로 공은 가로채고 과는 미루는 것이지요.

그런데 며칠 전 회식 때 해프닝이 있었습니다. 과장은 팀장보다 직급은 낮지만 나이는 더 많습니다. 술자리에서 팀장은 업무 이야기를 꺼냈다고 합니다. 과장이 이미 실수를 인정하고 사과한 지난 일을 다시 끄집어내 문제를 삼자, 과장은 팀장의 얼굴에 소주를 끼얹으며 쌍욕을 해대고 나가버렸습니다. 팀장의 독선적 행동에 불만이 있던 과장이 술자리에서 팀장을 향해 대거리를 해버린 것입니다. 술자리는 얼음장같이 차가워졌습니다.

얼굴이 일그러진 팀장은 민망했는지 자리에도 없는 과장에게 욕을 퍼붓고는 갑자기 남은 직원들을 격려하더랍니다. 너희는 과장처럼 일하지 말라고 하면서 말입니다. Q와 다른 직원들은 팀장을 위로하고 달래면서 술자리를 이어갔다고 합니다. 그날 Q는 사회생활의 비애를 느꼈답니다. 마음에도 없이 아부하는 것이 특히 힘들다는 것입니다. 비위 맞추는 일이 어디 그리 쉬운 일인가요?

다음날 과장은 결근했고, 그다음 날 출근했습니다. 그날부터 과장이 팀장의 눈치를 보는 것이 아니라, 팀장이 과장의 눈치를 보더랍니다. 이런 모습은 어느 회사든 흔히 있는 일일 것입니다. 상사도 성가신 부하는 피하는 것이지요. Q는 강자에게 약하고 약자에게 강한 팀장의 모습을 보면서, 자신의 장래 모습이 그려졌습니다.

스트레스를 권하는 사회

직장인의 스트레스 일순위는 상사나 부하와의 관계라고 합니다. 어느 직장에나 갈등은 있습니다. 사람들이 모이는 곳이니만큼 각종 암투도 있지요.

상사 중에는 부하직원에게 막말을 하는 사람도 있습니다. 외모와 스타일을 문제 삼는 상사도 있고, 업무 외의 일을 시키는 상사도 있습니다. 부하직원 중에는 순한 상사에게 막 대하는 사람이 많습니다. 특히 술자리에서라면 웃통을 벗고 대들기까지 합니다. 잘나가는 사람은 뒤에 오는 사람에게 재를 뿌리고, 뒤에 가는 사람은 앞서 가는 사람에게 딴죽을 겁니다. 서로 스트레스를 주고받는 것입니다.

제가 지방에서 입시학원 강사를 할 때입니다. 학원 원장이 최대한의 대우를 해주겠다고 해서 지방으로 내려갔습니다. 그런데 지방에서 강사 생활을 하다보니 숙식이 가장 큰 문제였습니다. 원장이 방을 마련해줄 때까지 학원 강의실을 방 삼아 자고 학원에 딸린 작은 주방에서 밥을 해먹어야 했습니다. 한 달이 지났습니다. 그런데도 원장은 숙식 문제를 해결해주지 않았습니다.

사실 처음에는 학원에 문제가 생기면 제가 직접 해결하러 교육청에도 왔다갔다하며 뛰어다녔습니다. 학원의 발전을 위해 광고지를 만들어 돌리기도 했고, 학생 유치를 위해 노력했고 또 원장에게 불만이 있는 강사들을 다독이며 원장을 두둔하기도 했습니다.

원장은 사정이 어려우니 조금만 더 기다리면 문제를 해결해주겠다고 했습니다. 그러나 말뿐이었습니다. 어느덧 시간은 흘러 강사 생활을 한 지도 3개월이 지나가고 있었습니다. 그동안 학원 사정이 어렵다는 이유로 강사료도 제대로 받지 못했습니다. 속았다는 생각이 들었습니다.

고민이 늘어만 갔습니다. 당장 학원을 그만두기에는 억울했습니다. 밀린 강사료도 받지 못할까봐 말입니다. 그러나 흘러가는 시간이 너무나 아까웠습니다. 더이상 제 고생의 대가를 헛되이 하지 않기 위해 결단을 내렸습니다. 학원을 그만두기로 한 것입니다. 4개월 동안의 강사료 80만 원을 받아들고서 말입니다.

그후 변호사자격증을 취득하고 직장생활을 할 때입니다. 입사면접 때는 근무 후 3년이 지나면 외국 연수를 보내준다고 했습니다. 저는 계약직이었지만 일반직과 마찬가지 대우를 받기로 한 것이지요.

회사를 위해 열심히 일했습니다. 근무한 지 3년이 흘렀고, 지원한 외국 대학에서 와도 좋다는 허락을 받았습니다. 하지만 회사의 임원들과 노조는 제 연수를 반대했습니다. 임원들은 노조가 반대해서 보낼 수 없다고 말했고, 노조는 조합원들 일부가 반대해서 보내줄 수 없다고 했습니다.

회사의 임원들은 노조에게 제 연수의 결정권이 있는 것처럼 이야기했습니다. 마치 직원 연수 여부를 임원이 아닌 노조가 결정하는 것처럼 말이지요. 저도 노조 조합원으로 가입했고, 노조와 조합원들을 위해 일도 했는데, 그들은 연수 문제에서는 저를 조합원으로 취급하지 않았습니다.

저는 약속을 지키지 않는 회사를 원망하면서 회사와 싸웠습니다. 임원과도, 노조와도 다투었습니다. 그럴수록 제 자신이 초라해졌습니다. 그놈의 연수를 꼭 가야 하나 하는 생각도 들었습니다. 저는 회사의 분위기와 문화를 몰라도 너무나 몰랐던 것입니다.

어느 날 저녁, 노조위원장의 집 주소를 알아내 그의 집으로 찾아갔습니다. 임원들이 노조의 의견이 중요하다고 말했기 때문에 노조위원장을 설득해보기 위해서입니다. 저는 노조원이므로 노조위원장 집을 찾아갈 수 있다고 생각했습니다. 저와 만난 위원장은 절대 연수를 보내줄 수 없다고 말했습니다. 자신이 담당 임원인 것처럼 단호히 말입니다.

다음날 회사에 이상한 소문이 돌았습니다. 제가 술에 취해 노조위원장 집에 찾아가 행패를 부렸다는 것입니다. 참 이상한 일이더군요. 집에 찾아가기는 했지만, 가족이 다 있는 집에서 제 연수 문제를 말할 수는 없었습니다. 그래서 차 한잔 마신 후 위원장과 함께 밖으로 나왔고, 맥줏집에서 맥주를 마시면서 대화를 했습니다. 그런데 행패를 부렸다고 소문이 나다니 말입니다.

분노가 목숨을 앗아가지 않도록 해야 합니다

사실 저는 연수를 꼭 가고 싶었습니다. 지각인생을 살면서 잃어버린 시간을 되찾아야 한다는 절박감이 있었기 때문입니다. 그래서 회사에 출근하기 시작하면서부터 3년 동안 영어 공부를 했습니다. 당시 마흔을 전후한 나이였는데 대학 졸업 후 손을 놓은 영어를 공부하려니 어려운 점이 많았습니다.

그래서 새벽 5시 이전에 일어나 달걀 세 개를 삶아 가방에 넣고 회사 근처 수영장으로 갔습니다. 운동을 한 후 회사에 도착해 달걀로 아침을 해결하고 나면 아침 7시가 되고, 그때부터 약 두 시간 동안 영어 공부를 했습니다. 연수 준비를 한답시고 3년 동안 휴가 때도 동네 독서실에서 영어 공부를 했습니다.

그런데 약속을 지키지 않는 회사의 임원들과 노조의 태도로 인해 저는 많은 스트레스를 받았습니다. 연수가 수포로 돌아간다고 생각하니, 그동안 부모님과 아내 그리고 어린 딸아이와 함께 휴가를 보내지 못한 것도 속상했습니다.

우리는 세상을 살면서 여러 가지 스트레스를 받습니다. 정도의 차이는 있겠지만 누구나 스트레스를 받을 것입니다. 학생은 공부 스트레스가 제일 클 것이고, 직장인은 회사 상사에게 받는 스트레스가 클 것입니다. 어린 학생에서 노인에 이르기까지 모두 스트레스를 받으면서 인생길을 걷고 있습니다.

그런데 제가 깨달은 것은 스트레스를 받는다고 절대 분노해서는 안 된다는 것이었습니다. 스트레스가 목숨을 앗아가는 상황만은 결코 용납할 수 없습니다. 스트레스에 지지 말고 이겨야 합니다. 그래서 저는 적절하게 스트레스를 해소하려고 노력합니다.

처음에 제가 선택한 방법은 술이었습니다. 스트레스를 술로 푸는 것이지요. 스트레스를 받으면 저는 술을 퍼마시고 잠을 청하곤 했습니다. 스트레스가 술과 함께 날아가버리길 바라면서요. 확실히 이 방법이 도움이 되긴 했습니다. 하지만 몸과 마음이 모두 상한다는 단점이 있습니다. 그래서 술은 적당히 마시려고 합니다.

다른 방법은 무작정 걷는 것입니다. 지하철을 타고 가다가 내려서 도로를 걷기도 하고, 가까운 집 근처 산에 가기도 합니다. 또 집에서 나와 시내 거리를 무작정 걷기도 합니다. 오래된 습관입니다. 새벽이든 밤이든 낮이든 상관없습니다. 속도를 조절하며 걷긴 하지만 가능한 한 빠른 속도로 걷습니다. 속으로 스트레스를 준 나쁜 놈을 욕하면서 말입니다. 걷다보면 땀도 나고 어느새 기분이 전환됩니다.

새벽에 산을 오르다보면 인적이 드문 산속 절에서 들리는 목탁소리가 참으로 그만입니다. 목탁 소리가 물방울이 되어 제 마음속으로 한 방울 한 방울 굴러들어오는 것 같은 느낌이 듭니다. 마음이 차분하고 편안해지면서 스트레스가 날아갑니다.

한 달에 한 번은 날을 잡아 큰 산을 오릅니다. 열 시간 이상 걷는 것이 보통입니다. 스트레스가 해소되기도 하지만 기분도 전환되고 아주 좋습니다. 가능한 한 복잡하게 생각하지 말아야 합니다. 그냥 단순하게 생각하는 것이 좋습니다. 세상에는 좋은 사람과 나쁜 놈, 두 종류의 인간만 존재한다고 생각하면서 말입니다.

좋은 사람을 만나면 '운이 참 좋구나' 생각하고, 나쁜 놈을 만나면 '세상이 원래 그렇지 뭐' 하고 털어버리면 되는 겁니다.

lateness life

직장생활 4년차,
마음만 공허합니다

"사회생활을 해보니 만만찮은 것 같습니다. 말이 많은 제 성격 탓인지는 모르지만 사람을 만나 떠들고 나면 마음이 공허해지고 구멍이 뻥 뚫린 것 같은 느낌이 들 때가 많습니다. 외향적인 성격으로 인해 실속은 없고 겉만 요란한 것이 아닌가 하는 생각이 들기도 합니다. 마음이 답답하고 울고 싶어 메일을 드립니다. 언제 한번 찾아뵙고 술 한잔 올리겠습니다."

D가 직장생활을 한 지는 4년이 넘었습니다. 팀장을 따라 영업 일을 하고 있습니다. 팀장이 D를 자기 팀원으로 인사발령을 내달라고 했답니다. D는 큰 체구에 걸맞게 술상무 역할을 할 때도 많습니다. 아침에 회사에 출근하는 것이 1차 업무요, 퇴근 후 술집으로 가는 것이 2차 업무라는 생각이 든답니다.

술자리가 무서워 약국에 가서 술에 취하지 않는 약을 사다 제조해서 먹기도 합니다. 술 마신 다음날, 술이 덜 깬 채 출근한 적도 물론 있습니다. 그날 또 술자리가 있기도 하고 말입니다. 그럴 때가 제일 괴롭답니다. 일주일 내내 술자리 영업을 한 적도 있습니다.

D의 회사는 '을'의 처지이기 때문에 거래처 접대를 많이 한다고 합니다. D는 우리나라에 술집이 왜 그렇게 많은지 직장생활을 하면서 알게 되었답니다. 1차는 음식점에서 식사를 하면서 술을 마시고, 2차는 카페나 단란주점에서 노래를 부르며 또 술을 마십니다. 그러다보니 취한 채 집에 들어가는 일이 일상사가 되었습니다.

술자리에서는 재롱도 부리고, 때로는 객기도 부려봅니다. 남들은 취업하기 어려운 때 좋은 직장에 다닌다고 부러워합니다. 하지만 D는 실속은 없고 술로 몸만 망가지는 것이 아닌가 하는 생각에 괴롭습니다. 똑같은 일이 반복되면서 자신을 돌아볼 여유도 전혀 없습니다. 전에는 교회에 나가 지난 일주일을 반성하면서 자신을 돌아볼 시간적 여유를 가졌습니다. 그런데 직장생활을 하면서부터는 일에 치여서 자신을 돌아볼 여유가 없습니다. 요즘은 교회에 나가는 것도 그만두었습니다. 매주 회개하는 것이 미안해서랍니다. D는 자신이 십자가를 쳐다볼 자격도 없는 놈이라고 말합니다.

웃을 여유도 없고, 울 시간도 없습니다

저는 내면을 들여다보고 성찰하는 교육이나 훈련을 받은 적이 없습니다. 부모님도, 선생님도 가르쳐주지 않았습니다. 먹고살기 위해서, 성공하기 위해서 모두 다 빨리 달려가야 했던 시절이라 그랬던 것 같습니다. 공부만 잘하면 그만이어서 그랬는지도 모릅니다. 또 형식과 체면을 중시하다보니 내면을 가꾸는 것보다는 외형에 치중하는 것을 우선시했는지도 모릅니다.

현대인은 치열한 경쟁 속에 지쳐 있습니다. 다람쥐 쳇바퀴 돌듯 하는 생활 탓에 자신을 돌아볼 시간적인 여유가 없는 것인지도 모릅니다. 어떤 직장인은 웃을 여유도 없고, 울 시간도 없다고 말합니다. 오직 일에 빠져 살고 있다는 것이지요.

현대인은 대인관계에도 신경써야 합니다. 아침 약속도 하고, 점심 약속도 하고, 저녁 약속도 하며 일해야 합니다. 처세의 지혜도 필요하고 매너도 필요합니다. 그러나 자신을 돌아볼 시간을 갖지 못하면 언젠가 중심을 잃고 쓰러질지도 모릅니다.

저는 새벽 5시 이전에 일어나 동네 아차산에 오릅니다. 새벽에 산에 가지 못하면 밤에 한강변을 걷습니다. 이는 20여 년 된 오랜 습관입니다. 처음에는 오래 건강하게 살기 위해 운동을 했습니다. 지각인생이니 오래 살아서 좋은 것도 많이 보아야 하고, 늦게 낳은 아이들 결혼도 시키고 죽어야 한다고 생각했습니다. 그래야 아이들이 덜 고생할 것이기 때문입니다. 또 걸으면서 스트레스를 꾹꾹 밟아버린다는 의미도 있었습니다.

새벽에 산에 올라 어제를 반성하고 오늘 할 일을 생각해봅니다. 아차산 해맞이광장에 오르면 멀리 천마산과 고산 그리고 예봉산과 검단산이 눈에 들어옵니다. 고산과 예봉산 사이로 한강이 흘러

갑니다. 건설중인 암사대교와 강동대교도 보입니다. 동쪽에서 떠오르는 해를 보면서 하루를 맞이합니다. 한강을 바라보고 있노라면 제 인생도 강물처럼 흘러 언젠가는 이 땅에서 떠날 것이라는 생각이 듭니다. 그러면 욕심으로 가득한 마음이 가벼워지기도 합니다.

자리에 집착하지 말고, 돈에 집착하지 말며, 내 생각에 집착하지 말자고 다짐해봅니다. 한마디로 저나 제 자신을 둘러싼 것에 대한 집착에서 벗어나보려고 합니다. 그러면 마음의 평안을 얻을 수 있습니다. 마치 성직자처럼 말이지요.

명상은 꼭 조용한 절이나 성당에서 하는 것도 아니고, 혼자 있는 곳에서 하는 것도 아닙니다. 길을 가다가, 아니면 전철이나 버스 안에서도 자신을 되돌아보며 평안한 자세로 마음을 추스르면 그것이 명상입니다.

요즘 내면을 닦기 위해 명상의 시간을 갖는 사람들이 늘어나고 있습니다. 현재의 바쁜 일상을 떠나 보다 높은 차원에서 자신의 생각과 마음을 되돌아보기 위해서겠지요. 명상으로 자기성찰을 해야 알맹이가 짙고 견고한 사람이 될 수 있습니다. 아름다운 꽃에 향기가 있듯이 사람에게도 품격이 있는 것 아니겠습니까. 겉은 화려한데 속이 빈 사람이면 그의 인생은 실패한 것일 수도 있습니다. 자기성찰은 이런 실패를 막아줍니다.

내면을 갈고 닦으면 살아가는 동안 큰 충격을 받아도 담담하게 대응할 수 있습니다. 자신의 내면세계로 도망칠 수 있으니까요. 그곳은 항상 안식처가 되어줄 것입니다.

겉으로 보이는 모습보다 내면의 본질을 보는 연습이 필요합니다. 뻔뻔스러움과 약삭빠름의 생명은 길지 않습니다. 외형만 추구하다보면 내면이 말살될지도 모릅니다. 마음이 말하는 것에 귀를 기울일 필요가 있습니다. 행복이라는 열매를 맺고 싶으면 내면을 들여다보는 뿌리 깊은 사람이 되십시오.

당신은 '자기성찰지능'이 있는 사람입니까

저는 청년기에 철이 없었습니다. 제 성향과는 관계없이 '센 사람'으로 보이고 싶었습니다. 이런 것에 의미를 부여하고 가치를 두려고 했습니다. 대학시절에는 후배들을 모아놓고 일명 '빠따'를 친 적도 있습니다. 후배들이 잘못을 했다고는 하지만 그렇게까지 할 정도는 아니었지요. 센 사람으로 보이는 것이 남자의 기본 조건이라고 착각했던 것입니다. 지나고 보니 참으로 부끄러운 일이었습니다.

대학시절에도 그랬지만 사회 초년병 시절에도 저는 센 사람으로 보이고 싶었습니다. 술자리에선 센 사람 혹은 잘 노는 사람으로 보이기 위해서 분위기를 주도하며 술을 마셨습니다. '취할 때까지 마시자'는 것이 제 생각이었습니다. 이것이 사회생활을 위한 필요조건이라고 생각했습니다. 몸이 망가지는 줄도 모르고 말입니다. 철없는 짓이었지요.

나이를 먹으면서 어리석은 짓이었음을 깨닫고는 자책했습니다. 한편으로는 부끄럽기도 했습니다. 인생을 어떤 방식으로 살아갈

당신은 마음을 반성하고 살피는 사람인가요?

인생을 사는 방식은 자기성찰지능에 달려 있습니다

것인지는 자기 자신에게 달렸습니다. 무엇을 하면서 살 것인가도 자신에게 달렸고 말입니다.

자기성찰이란 자신의 마음을 반성하고 살피는 것입니다. 한 인간으로 성장하고 발전하기 위해 필요한 기본 조건입니다. 사람은 대개 자신의 지식이나 경험을 기초로 판단하고 행동합니다. 그런데 그 지식이나 경험이라는 함정에 빠지면 판단력이 흐려지게 됩니다. 이런 경우 자기성찰을 통해 자신의 마음을 관리하면 이성적이고 객관적으로 판단할 수 있습니다. 이것을 '자기성찰지능'이라고 합니다.

자기성찰지능은 하버드 대학교의 교육심리학자인 하워드 가드너 교수의 다중지능이론 중 하나입니다. '자기 자신을 인식하고, 자기 감정의 범위와 종류를 구별해내며, 그런 감정에 이름을 붙이고, 자신과 관련된 문제를 잘 풀어내는 데 필요한 능력'을 말합니다. 따라서 이 지능이 높은 사람은 강한 의지와 자립심 그리고 반성을 중요하게 생각합니다. 자신에 대한 인식 활동에 관심이 많고 정확한 판단을 내립니다. 자신의 감정을 정확히 읽는다면 판단도 정확할 수 있겠지요.

개인의 장래, 단체나 사회의 장래, 국가의 장래는 자기성찰지능이 높은 사람들에게 달렸습니다. 어느 분야든 지도자가 되고자 하는 사람이라면 자기성찰능력을 함양하는 훈련을 끊임없이 해야 할 것입니다.

lateness life

직장에서 찍혔는데, 어떻게 해야 하죠?

"직장생활을 시작하고 보니 학창시절이 그리워집니다. 제 가치관이나 사고방식에 너무 집착한 채 생활한 것이 아닌가 하는 문제로 고민할 때도 있습니다. 회사생활에 잘 적응하지 못하는 것 같아 걱정이 많습니다. 어떨 때는 제가 어른답지 못한 것이 아닌가 싶다가 회사가 저에게 맞지 않나 싶기도 합니다. 어떤 생각과 자세로 살아가야 할지 답답합니다."

E는 직장생활 초년생입니다. E가 근무하는 부서는 술자리가 잦습니다. 외부의 관련 업체를 대접하는 일이 많기 때문입니다.

E는 아버지는 장로, 어머니는 권사인 독실한 개신교 가정에서 태어나 자랐습니다. E는 대학시절 부모 몰래 담배를 피우면서 죄책감에 사로잡힌 적이 있습니다. 교회에 나가는 사람은 술 담배를

해서는 안 되기 때문입니다. 일요일에 예배를 보러갈 때면 담배 냄새가 날까봐 꼭 목욕을 했고, 손가락이나 입에 냄새가 배었을까봐 특별히 신경을 썼습니다. 그후로 독한 마음을 먹고 담배를 끊었습니다.

그런데 직장을 다니고 회식 자리가 잦아지면서 술 마시는 문제로 갈등이 생겼습니다. 특히 노래방에서 도우미와 함께 노래하는 것은 E에게 괴로운 일이었습니다. 그는 신앙에 따라 술을 거부했고, 도우미와 함께 노래하는 것도 거부했습니다.

팀장은 E를 못마땅하게 여겼습니다. 다음날부터 팀장은 말도 걸지 않았고, 자신은 개신교인을 몹시 싫어하며 정신이상자라는 말까지 했습니다. E는 회사에서 소외되지는 않을까, 고립되지는 않을까 몹시 걱정스럽습니다.

직장 선배들은 승진하기 위해 여기저기 줄을 대면서까지 치열하게 사는데, 자신은 처음부터 찍히기나 하고 앞날이 캄캄했습니다. 인사 이동 전이면 누구는 사장하고 가깝다, 누구는 정부의 아무개와 친하다, 누구는 아무개 국회의원이 도와준다는 등 각종 소문이 돌았습니다. 인사 이동 발표에 귀를 기울이는 선배들은 마치 목숨이라도 걸린 것 같았습니다. 직장생활을 통해 자아실현을 하라고 배웠는데, 말짱 거짓말이라는 생각이 들었습니다. 살아남기 위해 오직 치열하게 경쟁해야 할 뿐, 자신을 돌아보면서 살아갈 수는 없을 것 같았습니다.

노력하지 않고 자라는 나무는 없습니다

그렇습니다. E의 말이 맞습니다. 사회생활은 어렵기만 합니다. 변화무쌍하다는 생각이 들기도 합니다. 제가 젊을 때나 지금이나 젊은이들은 사회 진출을 앞두고 걱정이 산더미입니다. 졸업하는 것이 두렵다고까지 말합니다. 고등학교 때가 힘들었지만 차라리 그때로 돌아가고 싶다고 합니다. 부모의 애정 어린 관심과 보호 아래 있었기 때문이지요.

인생을 생존 게임이라고 말하는 사람도 있습니다. 살다보면 뒤통수를 치는 사람도 있고, 넘어지면 일으켜주기는커녕 밟고 가는 사람도 많기 때문이지요. E는 사회생활을 시작한 지 얼마 되지 않았습니다. 이제 E를 지킬 사람은 자신밖에 없습니다. 스스로를 지켜야 하고 책임져야 합니다. 부모님도 선생님도 이제는 E 곁을 떠났습니다. 잔소리를 하던 사람도, 혼내던 사람도 이제 모두 없습니다.

저는 하늘의 명을 알게 된다는 지천명知天命의 나이 쉰을 넘었습니다. 그러나 아직도 어른이 되지 못해 그런지 살아가면서 느끼는 어려움이 많습니다. 젊을 때는 쉰이 넘은 사람들을 보면 그 나이에도 철이 들지 않았다는 것이 한심해서 비난한 적이 있습니다. 그런데 제가 그 나이가 되니 저 역시 철이 들지 않았음을 깨닫습니다.

20대 후반에 대학을 졸업하는 것이 솔직히 두려웠습니다. 사회생활에 대한 막연한 두려움이었습니다. 학교에서는 선배로서 겉으로는 폼을 잡았지만, 속으로는 아직도 어린아이 같았습니다. 나이만 먹었지, 그에 걸맞은 행동이나 사고는 하지 못했습니다. 대학 졸업장을 간판 삼아 사회에서 한밑천 챙겨보려 했던 마음도 있었습니다.

대학을 졸업하자 금방 30대로 접어들더군요. 30대에는 고시 낭인으로 살았습니다. 어른이 되려고 몸부림쳤지요. 제가 그 당시 겪어본 사회생활이란 입시학원과 고시학원 강사뿐입니다. 사회생활의 어려움을 크게 느끼지 못했습니다. 그때는 고시 합격이라는 목표를 갖고 살았으니까요. 하지만 학원 강사를 하면서 사회생활의 어려움을 조금이나마 알게 되었습니다. 우선 교육청 관련 사람들을 잘 접대해야 했고, 학부모들의 마음에 들어야 했으며, 수업 준비에도 최선을 다해야 했기 때문이지요. 학생들에게 망신당하지 않기 위해서는 하루 종일 강사실에서 수학정석이나 해법수학 문제를 풀어야 했습니다.

30대 후반에 결혼하고 가정을 꾸려 본격적으로 사회생활을 시작했습니다. 변호사자격증을 갖고 회사생활을 하는 것이라 일단 능력을 인정받고 직장생활을 하는 점이 유리했습니다. 회사생활을 하면서 경험한 것은 회사 주위의 많은 관계 기관이나 관련 회사들과 잘 지내야 한다는 사실이었습니다. 그래서 술자리 접대도 해보았고, 여러 가지 부탁도 해보았습니다. 힘이 센 회사에 근무하는 사람들을 잘 대우해야 했고, 때로는 그들의 비위를 맞추기도 했습니다. 회사를 위해서 말입니다.

그후 개업 변호사로 활동할 때는 영업을 해야 했습니다. 변호사

시장에도 사건 사무장과 브로커가 있다는 것을 잘 아실 것입니다. 저는 이들을 고용하지 않고 영업을 시도해보았습니다. 개업 안내장을 직접 모든 상장기업에 보냈습니다. 정확히 1퍼센트의 가능성을 보았습니다. 16개의 기업에서 화환과 축전을 보내거나 협찬을 해주었습니다.

고문회사를 확보하기 시작했습니다. 하지만 처음에는 만만치 않았습니다. 거의 10개월간 수입이 없었습니다. 은행 대출금의 이자를 내고, 대출금으로 직원들 월급을 주고 임대료를 내면 그걸로 끝이었습니다. 은행 대출금이 얼마 남지 않아 다른 은행에서 또 대출을 받았습니다. 이때는 정말 걱정이 많았습니다. 사건 사무장을 둘까 하는 생각이 들기도 했고, 브로커의 유혹도 있었습니다. 저는 최선을 다해서 영업을 해보고 잘 안 되면 변호사를 그만두기로 했습니다. 고시학원 강사 시절 꽤 수입이 좋았기에 학원 강사로 나서기로 했습니다. 그렇게 개업한 지 10개월이 지나자 일이 들어오기 시작했습니다.

영업을 위해 아침과 점심, 저녁을 모두 의뢰인과의 식사 약속으로 잡았습니다. 어떤 때는 일주일에 저녁 약속이 10회가 넘는 경우도 있었습니다. 이 모임에 가서 한 시간 있다가 저 모임으로 이동하고, 저 모임에 얼굴을 내밀었다가 다른 모임으로 달려갔습니다. 술자리가 며칠 연속되는 경우에는 술에 취하지 않는 약을 미리 제조해 먹고 약속 장소로 나갔습니다.

상대방이 제 스타일과 맞지 않으면 그 사람 스타일에 맞추기도 했습니다. 세상에 저를 맞추고 살기로 한 어린 시절 신문배달 할 때의 다짐 때문입니다. 물론 전혀 말이 되지 않는 사람은 연락이 와도 잘라버렸습니다. 영혼을 팔 수는 없다고 생각했습니다.

강남에 '텐프로'라는 유명한 술집이 있습니다. 의뢰인의 강력한 권유에 이끌려 그곳에 가본 적이 있습니다. 2, 3, 4차가 전부 그런 곳이었습니다. 새벽 4시가 다 되어가는 시간에야 의뢰인과 헤어지고 택시를 탔습니다. 저도 모르게 깊은 탄식이 흘러나왔습니다. 이러려고 공부했나 하는 생각이 밀려왔습니다. 답답한 마음을 안고 집으로 가는 도중 습관적으로 제 입에서 기도 소리가 나왔습니다. "신이시여! 제발 이 사람이 제게 연락하는 일이 없도록 해주세요" 하고 말입니다.

전문 변호사로서 살아남기 위해 책을 쓰고 학위를 땄습니다. 그리고 대부분의 대학들이 로스쿨 유치를 준비하던 2006년 제게 스카우트 제의가 왔습니다. 처음에는 강하게 거절했지만, 제안을 받아들이기로 했습니다. 선생이라는 자리는 제 스스로 저를 변하게 했습니다. '남을 가르치는 사람은 스스로 모범이 되어야 한다'는 생각이 저를 지배하기 시작했습니다. 아내나 어머니, 장모님은 제가 부드러워졌다고 말합니다. 주위의 어른들은 제게 "이변호사, 교수가 되더니 정화 능력이 생겼어"라고 말합니다.

맞습니다. 선생은 학생에게 모범을 보여야 한다는 '강박관념'이 저를 좀더 어른스럽게 만들었습니다. 학생들에게 읽어주기 위해 준비하던 좋은 글귀가 저를 먼저 어른으로 만들었습니다. 쉰이 막 넘은 지금, 전보다는 성숙해졌지만 아직도 진짜 어른인지는 잘 모르겠습니다.

스스로의 힘으로 살아가고 있나요

원효대사는 요석공주와의 사이에서 설총을 낳았습니다. 그래서 원효대사는 파계를 했지만, 인간사를 알았기에 더 훌륭한 승려가 될 수 있었습니다. 걸레 중광스님 또한 승속을 넘나들면서 파격으로 일관된 삶을 살았습니다. 출가했다가 파계로 쫓겨났으며, 과도하리만치 술과 담배를 즐겼습니다. 균형감각과 유연성을 가지라는 의미입니다.

사회생활을 시작하는 것은 인생의 새로운 출발점에 서는 것입니다. 준비할 것이 많습니다. 언젠가는 사회에서 성공할 날을 준비해야 합니다. 그러기 위해서는 지금까지 살아온 것보다 더 많은 노력을 해야 할지도 모릅니다.

우선 풍부한 지식을 쌓아야 합니다. 문제가 생겼을 때 결국 자기 자신에게 묻고 결정해야 하기 때문입니다. 믿고 의지할 것은 자신의 힘밖에 없음을 알아야 합니다. 그 힘은 지식에서 나오기도 합니다. 능력이 출중한데 인정을 받지 못하는 사람은 그리 많지 않습니다 자신의 분야에 필요한 전문 지식을 꾸준히 향상시켜야 합니다.

뛰어난 안목과 식견을 갖추기 위해 평생 노력해야 합니다. 안목과 식견은 축적한 지식과 상식을 현실에 응용해보면서 익혀나갈 수 있습니다. 또 자신보다 경험이 많은 인생 선배들을 통해서도 배울 수 있습니다. 안목과 식견이 뛰어난 사람을 만나려고 노력해야 하며, 좋은 책도 많이 읽어야 합니다. 그럼으로써 많은 것을 보고, 듣고, 느낄 수 있습니다.

우직하면서도 가볍지 않은 태도를 익혀야 합니다. 태도는 사람의 앞날을 결정하는 중요한 요소가 됩니다. 태도에 따라 지식이나 안목과 식견이 빛나기도 하고 그렇지 않기도 합니다. 인간적인 매력은 잘생긴 외모, 입은 옷, 타고 다니는 차, 살고 있는 집에서 나오는 것이 아닙니다. 바로 그 사람의 태도에서 나오는 것입니다.

치열한 경쟁 사회지만 한 걸음 멈추어서서 생각하는 여유를 가져봅시다. 그런 여유가 태도에 안정감을 가져다줄 것입니다. 겸손한 태도를 갖도록 노력해보세요. 말할 때나 들을 때나 진지한 태도를 견지하도록 노력해야 합니다. 침착하지 못하거나 불안정한 태도는 경솔한 느낌을 줍니다.

이제 자신을 보호해주고 지켜주던 부모님과 선생님은 떠나갔습니다. 이것이 인생이고 순리입니다. 그 누구도 지켜주지 않을 것입니다. 이제부터는 자신의 힘으로 살아가야 합니다.

이제 누구도 지켜주지 않을 것입니다

자신의 힘으로 살아가야 합니다

이것이 인생입니다

제4장

노력과 행복, 삶의 목표에 대하여

lateness life

그녀가 보란 듯이 성공하고 싶습니다

"이번 학기에도 열심히 가르쳐주셔서 정말 감사드립니다. 학교 선생님으로서, 인생의 선배님으로서 항상 자신감을 갖고 긍정적인 삶을 살 수 있도록 용기를 불어넣어주신 점에 깊이 감사드립니다. 갈등하고 좌절했던 학교생활에서도 교수님의 말씀이 큰 힘이 되었습니다. 무엇보다 몹시 긴장한 채 시간을 보내는 것이 제일 힘들었거든요. 복수해야 된다는 생각이 머릿속을 지배하다보니 긴장의 강도가 컸던 것 같습니다."

N은 가난한 집 장남입니다. 그의 집안에서 대학교까지 나온 사람은 그가 유일합니다. N은 결혼을 약속한 여자가 있었습니다. 동갑내기인 그녀 또한 가난한 집에서 태어나 어렵게 공부한 사람이라고 합니다. 그녀는 N이 군대에 있는 동안 기다려주었지만, 결국

다른 남자와 선을 보고 결혼했습니다. 그녀가 결혼한 남자는 젊고 유능한 현직 변호사라고 합니다.

N은 자신이 못나서 자신이 무능해서 그녀를 빼앗겼다며 괴로워했습니다. 이 일로 삶에 대해 좌절한 상황에서 취업 준비를 하다 보니 집중이 되지 않았습니다. 저는 N과 소주 한잔을 했습니다.

"너, 인생 다 살았니? 그냥 죽을 거야? 그녀나 그 변호사가 보란 듯이 잘 살아야 할 것 아니야. 난 공부하기 위해서 마음에 들지도 않는 여자와 결혼하라는 압력을 받은 적도 있어. 그래서 선을 보러 나갔는데, 그 여자가 나를 무슨 거지로 알고 말을 함부로 하는 거야. 돌아서서 오는데 나 자신이 얼마나 초라해 보인 줄 알아? 결혼이 대수냐? 그까짓 결혼하지 않고 혼자 살 수도 있는 거 아니야? 괴로워하면 너만 손해야! 이럴수록 마음 독하게 먹고 꿋꿋하게 살아야 해!"

N은 마음을 다잡고 취업 준비에 최선을 다했습니다. 전 애인에게 복수하기 위해 잘 알려진 회사에 주로 지원했습니다. 보란 듯이 성공하겠다는 것이었습니다. N은 불안과 초조와 긴장의 시간을 보냈습니다. 얼굴이 눈에 띄게 핼쑥해졌고, 몸도 이전보다 많이 야위었습니다. 최종 면접만을 남겨놓고 그는 제게 메일을 보내왔습니다.

"취업문제에 대해서도 항상 진지하게 같이 고민해주시고, 제 상황에서 배려해주신 것, 감사합니다. 제 길을 찾고자 한 것에 많은 도움을 주신 점도 감사드려요. 면접시험을 앞두고 긴장도 되고 불안함도 느끼고 있지만 마지막까지 후회가 남지 않을 만큼 최선을 다해 합격하도록 노력하겠습니다. 항상 건강하시고, 가정생활도 행복하시고, 교수님의 건승을 기원드립니다."

저는 N이 보낸 장문의 메일을 읽으면서 '선생은 무엇으로 사는가'를 생각해보았습니다. 또 N이 말한 긴장과 불안의 나날은 어쩌면 평생 동안 사람이 겪어야 하는 것 아닌가 하는 생각이 들었습니다.

자신을 지키는 방법

캐나다 토론토에는 거대한 수족관이 있습니다. 이 수족관에는 바닷물고기와 그 밖의 해양생물이 전시되어 있습니다. 처음 수족관을 만들었을 때는 태평양 연안에 사는 수많은 종류의 물고기를 수족관으로 옮겨야 했습니다. 2주일에 걸쳐서 운반해야 했기 때문에 만반의 준비를 했습니다. 태평양 물을 그대로 사용하고 온도와 수압이며 햇빛의 양까지 적절하게 조절했습니다. 마침내 많은 물고기를 싣고 토론토에 도착했습니다. 그런데 물고기를 살펴보니 전부 죽어 있었습니다. 여러 번 시도했지만 번번이 실패했습니다. 조심스럽게 운반을 했지만 도착해서 살펴보면 물고기는 전부 죽어 있었습니다.

물고기 전문가들은 그 원인을 찾아내기 위해 수년 동안 연구했습니다. 그 결과 물고기를 죽이지 않고 운반하는 방법을 찾아냈습니다. 물고기가 원래 살던 바다와 똑같은 환경을 만들어주는 것이 비결이었습니다. 결국 물고기 운반 차량에 바다의 악동이라는 상어 새끼와 문어 새끼 같은 포식자를 함께 넣었습니다. 그리고 물속에 바람을 계속 불어넣어서 물살이 생겨나게 했습니다. 그랬더니 한 마리도 죽지 않고 전부 살아 있는 채로 옮길 수 있었습니다.

바닷물고기는 바다 밑을 흐르는 거센 조류 속에서 살아갑니다. 그리고 언제 자신을 해칠지 모르는 포식자들을 피하기 위해 긴장한 채 헤엄칩니다. 그러므로 상어나 문어 같은 포식자들이 돌아다니면 물고기들은 긴장하지 않을 수 없습니다. 이것이 물고기가 모두 살아남은 이유입니다. 물고기들은 거센 물살을 헤치며 강인함과 의지를 다지고, 상어와 같은 수많은 포식자로부터 자신을 지키려는 긴장감에서 살아가는 지혜를 얻는 것인지도 모릅니다.

또다른 이야기는 '사자와 누'에 관한 것입니다. 누는 염소처럼 생긴 동물입니다. 사자는 몸집이 크고 기운이 세서 '백수百獸의 왕'으로 불립니다. 사자와 마주친다는 것은 이 세상과의 작별을 의미하기에, 많은 동물들은 사자의 근처에도 가지 않으려 합니다. 그런데 작고 연약한 누는 사자의 눈앞에서도 일정한 거리를 두고 한가로이 풀을 뜯어먹곤 합니다. 사자가 슬금슬금 움직이면 누 역시 사자와의 거리를 두고 물러납니다. 그러다가 어느 한순간 사자가 득달같이 달려들면 누도 총알처럼 도망치기 시작합니다. 광활한 초원을 사자와 누가 필사적으로 달려갑니다. 하지만 사자는 대개의 경우 누를 잡지 못하고 놓쳐버립니다. 사자가 힘껏 달릴 수 있는 거리는 90미터 남짓이며, 더이상 뛰면 심장에 무리가 온다고 합니다. 일부 힘 있는 사자는 90미터에서 10미터 정도를 더

바닷물고기들은 거센 물살을 헤치고 살면서

강인함과 의지를 다집니다

자신을 지키려는 가운데 살아가는 지혜를 터득합니다

우리 인생길도 비슷한 것 같습니다

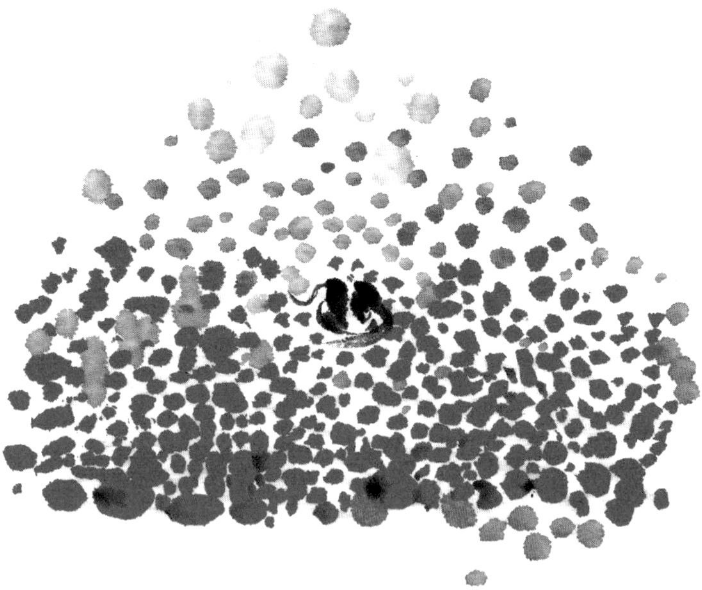

뛸 수 있습니다. 그런데 신기하게도 누가 전속력으로 달릴 수 있는 거리는 백 미터 정도입니다. 물론 누 또한 그 이상 뛰면 지쳐 쓰러져버립니다. 누가 사자에게 잡히지 않으려면 백 미터를 달리고 1내지 2미터쯤 더 달릴 수 있는 힘만 있으면 됩니다.

사자와 마주친 누가 얼마나 많은 긴장을 했겠습니까? 누는 그 긴장을 생활화한 것입니다. 우리 인생길도 비슷한 것 같습니다.

인생은 긴장의 연속입니다

인생은 길고도 힘든 여정이라고 생각합니다. 우리 인생은 무거운 짐을 지고 먼 길을 가는 것에 비유할 수 있습니다. 왠지 불안하기도 하고, 초조하기도 하며, 긴장되기도 합니다. 나이가 들어가면서 인생의 짐은 더 무거워지는 것 같습니다. 무엇을 이루고자 하는 것도, 무엇을 더 잘해보고자 하는 것도 아닙니다. 그저 삶 자체의 중압감 때문이겠지요.

선생이 된 지도 벌써 여러 해가 지났습니다. 그러나 여전히 강의 시간은 긴장이 됩니다. 입시학원 강사였을 때나 고시학원 강사였을 때도 마찬가지였습니다. 어느 자리든 사람들 앞에만 서면 긴장한 채 시간이 흘러갑니다. 긴장하는 것이 당연한 일인 것 같습니다.

사회생활을 시작한 후로 제 삶은 긴장의 연속입니다. 일을 잘하기 위해서거나 실수를 하지 않기 위해서가 아닙니다. 왠지 긴장하지 않으면 안 될 것 같다는 마음이 저를 지배하는 것입니다.

연구실에서 글을 쓸 때나 강의 준비를 할 때도 긴장합니다. 학내 회의든 외부 회의든 회의에 참석할 때도 긴장합니다. 외부 특강이나 강연을 할 때도 긴장합니다. 중학생을 대상으로 한 강연의 경우에도 어른을 상대로 하는 강의와 마찬가지로 긴장되었습니다.

지인들은 가끔 제게 왜 그렇게 눈이 충혈됐느냐고 묻습니다. 저는 "조금 피곤해서 그럴 거야"라고 대답합니다. 하지만 늘 긴장한 채 살아가기 때문인지도 모릅니다. 충분한 수면을 취하고 집에서 쉴 때는 눈이 충혈되지 않으니 말입니다.

월요일이 되면 더 그렇습니다. 그래서 저는 월요병을 치유하기 위해 대학 선생이 된 후로 월요일 1교시마다 강의를 개설합니다. 가능한 빨리 일상에 적응하기 위해서입니다. 변호사 일을 할 때는 월요일마다 늦게 출근하곤 했습니다. 월요일 오전에 긴장하는 것이 너무나 싫었거든요.

그럼 제가 하루 24시간을 긴장하면서 사느냐고요? 그렇지는 않습니다. 저도 쉴 수 있는 가정이 있습니다. 집에서는 큰대자로 드러눕습니다. 그게 가장 편한 자세입니다. 그렇게 하루의 긴장을 날려버립니다. 집 밖에서는 긴장할 수밖에 없고, 집 안에서는 긴장이 풀어지는 것이 삶인지 모르겠습니다. 오직 집 밖에서만 장시간 생활을 한다면 긴장의 강도가 너무 높아 생명이 단축될지도 모릅니다. 반대로 오로지 집 안에서만 생활한다면 게으름이 흘러넘칠 것 같습니다. 인생이 긴장의 연속이라면 긴장 속에 휴지休止를 주는 공간 하나쯤은 필요합니다. 그것이 인생을 지혜롭게 사는 방법인지도 모르겠습니다.

lateness life

교수님은 성공했으니까 행복하시죠?

"고시공부를 포기하고 올 9월부터 LG 계열사 중 한 곳에서 인턴을 했습니다. 그런데 정직원 전환까지 이어지지 않아서 지금은 쉬고 있습니다. 쉬면서 엄마와 다투는 일이 많아졌습니다. 다른 부모님들은 고시공부를 하라고 하는데, 제 부모님은 고시공부를 말리십니다. 저는 고시에 합격해 꼭 성공하고 싶었습니다. 사회적인 성공이 행복을 가져다준다고 믿으니까요. 이제 저는 어떻게 해야 할까요?"

B는 표정도 밝고, 싹싹하고, 여유만만하고, 때로는 당돌하기도 한 학생입니다. 요즘 B는 취업 준비를 하고 있습니다. 사실 B는 취업이 늦어지는 것에 대해서 별로 걱정이 없습니다. 회사에 지원을 하면서도 남는 시간을 활용하기 위해 일어 번역 아르바이트를

하고 있습니다. 제게 번역 일거리를 알아봐달라고 부탁까지 했습니다.

B의 아버지와 어머니는 모두 중학교 교사입니다. B는 교육자 집안에서 엄격하지만 관대한 교육을 받으며 자랐습니다. 부모님은 인성교육과 영성교육을 강조했습니다. 지식교육을 많이 받고 사회적으로 성공하고 출세하는 것도 중요하지만, 먼저 사람이 되라는 교육이었습니다. 3대째 천주교를 믿는 집안이라 그런지 부모님은 신앙교육을 강조했고, 하느님의 사랑을 실천하도록 강조했습니다. B에게 봉사활동을 시킨 것도 그런 이유에서였습니다.

아버지는 매우 엄격했습니다. B가 어릴 때부터 거짓말하는 것과 게으름 피우는 것을 용납하지 않았습니다. 또 검소하게 살 것을 강조했고 낭비하는 것을 문제삼았습니다. B의 아버지는 거의 성직자 같았습니다. 검약을 몸소 실천했고 청빈한 생활을 했습니다. 교사 월급으로 살아가는 것이 빠듯했지만 절약해서 모은 돈을 양로원이나 장애인 단체에 기부했습니다.

B의 부모님은 B가 초등학교 때부터 대학 때까지 성적이나 학점이 나빠도 나무라지 않고 매우 관대했습니다. '최선을 다하고 그 결과를 받아들이면 된다'고 했습니다. 중고교시절 학원을 선택하는 문제나 그후 대학을 선택할 때도 간섭하지 않고 B가 원하는 대로 따랐습니다. 대학 전공도 B 스스로 선택했습니다.

B는 교육자인 부모님의 삶을 존경했습니다. 하지만 교사의 사회적 지위가 그리 높다고 생각하지는 않았습니다. 그래서 법학과에 진학했고 고시에 붙어 사회적으로 출세하고자 했습니다. B는 고시

공부를 시작했고, 1차 시험에 두 차례 응시했습니다. 그러나 낙방하고 말았습니다. 힘들어하는 B에게 부모님은 고시공부를 그만두고 취직하라고 했습니다. B가 원하는 일을 할 수 있는 회사에 입사하면 되고, 그 일을 하면서 행복감을 느끼면 된다고 했습니다.

B는 부모님과 생각이 달랐습니다. 의사나 변호사, 고위공무원이나 기자, 정치인 등 권력을 갖거나 경제적으로 안정된 직업 종사자를 성공한 사람이라고 생각했으니까요. 그리고 그 성공이 행복을 가져다준다고 생각했습니다. "교수님은 행복하시겠어요. 사회적으로 성공했으니까요." B는 점심식사를 하는 도중 이렇게 말하며 저를 빤히 쳐다보았습니다.

행복을 정복하는 방법을 알고 싶었습니다

저도 어릴 때는 B와 같은 생각을 했습니다. 대학시절 가장 기억에 남는 수강 과목은 영문학과에서 개설한 버트런드 러셀의 『행복의 정복』을 강독하는 시간이었습니다. 러셀의 행복론을 강의한다는 소문을 들은 저는 제목 그대로 행복을 정복하는 방법을 알기 위해 수강했습니다. 그러나 정작 그 과목을 듣고는 놀랐습니다. 실망했습니다. 행복을 정복하는 방법을 가르쳐주지는 않았으니까요.

나이가 들고 40대 중반에 이르러서야 생각이 바뀌었습니다. 저는, 제가 주위 사람에게 사랑을 베풀고 그 사람들이 저를 참 좋은 사람으로 인정하고 사랑할 때 그것이 '참 행복'이라고 생각합니다. 평생 동안 사랑을 베풀면서 살다가 세상을 떠나는 것이 '성공한 인생'이고 말입니다.

어떤 사람이 사회적인 지위와 명예를 얻고 돈도 많이 벌었습니다. 그 사람은 진정으로 성공했을 수도 있습니다. 그래서 행복해할 수 있습니다. 그러나 제 생각은 좀 다릅니다. '나를 잊지 않고 기억해주는 사람, 내가 있어야 불편함 없이 살아가는 사람, 나에게 고민을 털어놓는 사람, 나를 필요로 하는 사람을 가진 사람'이 진정으로 행복한 사람이 아닐까 합니다.

저는 제가 만나는 사람들을 통해 행복 찾기를 하고 있습니다. 우선 사랑하는 사람들과 함께하는 가정이 있다는 것이 행복합니다. 제 나이 마흔셋에 태어난 아들과 축구도 하고, 농구도 하고, 야구도 하고, 배드민턴을 치고, 장기를 둘 때 작지만 소중한 행복감이 밀려옵니다. 아무리 피곤하고 놀기 싫어도 이 작은 행복 때문에 함께 시간을 보냅니다.

중학생 딸아이가 투정 부리는 것이 가끔은 화가 납니다. 하지만 서른여덟 살에 얻은 이 첫아이를 안고 기뻐하던 제 모습을 떠올려봅니다. 딸아이가 휴대전화로 문자를 보내고 전화를 합니다. 또 어머니가 전화를 합니다. 아내와 함께 장을 보러 갑니다. 가족이 함께 식사를 합니다. 특히 3대가 함께 모여 식사를 할 때는 이보다 더 행복할 수는 없다고 생각합니다. 어린아이가 되어가는 아버지와 어머니가 가끔 투정을 부리실 때도 행복합니다. 제가 요리를 했더니 얼굴을 찡그리면서도 맛있다며 드실 때도 저는 행복을 느낍니다.

친구나 선후배 그리고 지인들도 마찬가지입니다. 각박하고 험한 세상이지만 이들이 있기에 저는 행복합니다. 오랜만에 전화를 하거나 전화가 올 때, 만나서 수다를 떨면서 식사를 할 때 정말 행복합니다. 오랜만에 만나서 술 한잔 하고 일어서는데 한잔 더하고 가라면서 잡을 때, 결혼식에 초대받을 때, 돌잔치에 초대받을 때 저는 행복합니다. 저는 사랑을 주고 그들 역시 저를 인정하고 사랑하기 때문입니다.

학생들을 만나서 점심식사를 함께할 때, 상담을 하고 싶다는 문자나 메일을 확인할 때, 취직을 했다며 감격의 눈물을 흘릴 때, 제가 해결해주지는 못하지만 고민을 들어줘서 감사하다고 인사할 때 제 마음은 행복으로 둥둥 떠다닙니다.

또 혼자 걸을 수 있는 시간, 혼자 책 볼 수 있는 시간이 있다는 것 등등 작지만 반복되는 일상사에서도 행복을 느낍니다. 이런 소소한 것을 하고 싶어도 할 수 없는 사람이 많다는 것을 알고 있으니까 말입니다.

자신의 성에 갇혀 행복을 외치고 있지는 않습니까

진정으로 성공한 인생을 살고, 정말 행복해지고 싶다면 자신의 인생을 사랑하는 것이 제일 중요한 일입니다. 자신의 인생을 사랑하기 위해서는 주위 사람들을 사랑하고, 그들로부터 인정받고 사랑받으면 됩니다. 그것이 행복 아니겠습니까? 그렇게 살아가면 그것이 성공한 인생이고 말입니다.

무엇이 행복이고, 무엇이 성공인가요? 사람마다 각자 다른 답을 하겠지요. 돈을 벌고 명성을 얻고 능력을 인정받고, 많은 것을 손에 넣은 사람은 '아! 나는 성공했다. 고로 나는 행복하다'고 여길지도 모릅니다. 하지만 제 생각은 다릅니다. 그 사람은 자신의 성에 갇혀 행복하다고 느끼는 것일 뿐, 정신없이 앞만 보고 달려가다보니 소중한 순간순간을 잃어버리지 않았을까요?

진정한 성공은 '행복해지는 것'입니다. 행복은 '만들어가는 것'이고 말입니다. 행복하기 위해서는 나를 사랑하고 주위 사람들을 사랑해야 합니다. 그 사랑이 행복을 가져다줍니다. 평생 동안 사랑하고 행복을 느끼면, 그것이 진정으로 성공한 삶이 아니겠습니까?

혼자 걸을 수 있는 시간, 책을 볼 수 있는 시간
작지만 반복되는 소소한 일상을 갖지 못하는 이들도 많습니다
평생 동안 무언가를 즐겨 할 수 있는 것이 행복입니다

lateness life

왜 자꾸 취한 놈처럼 휘청거리며 살까요?

"학교생활뿐 아니라 삶 자체에 회의가 들어 그냥 짜증날 때가 많습니다. 화도 많이 나고요. 교수님께서 자존감을 가지라고 하셨지만 잘 되지 않습니다. 하루하루가 우울해서 힘들 때가 많습니다. 한 학기 쉬면서 마음을 추스르고 저 자신을 돌아볼 기회를 갖고 싶습니다."

C는 초등학생 아들과 딸을 둔 학생입니다. 아내는 교사로 일하며 C를 뒷바라지하고 있습니다. C의 자녀들은 장모님께서 돌봐주십니다. 술과 사람을 좋아하는 쾌남아인 그는 사람을 좋아하다보니 후배나 친구들이 불러내면 한밤중에라도 술을 마시기 위해 집을 나옵니다. 토요일에도 이러다보니 아내와 다툰 적도 많습니다. 가끔은 장모님도 한마디하십니다.

C의 아내는 가정 있는 사람이 너무하는 것 아니냐고 타박을 합니다. 아빠로서 아이들에게 모범을 보이지 않는다고 불평하는 것입니다. 아내의 말이 맞다고 생각해 C는 마음을 고쳐먹지만 작심삼일이 되고 맙니다. 의지력이 약하다는 생각에 한숨이 나옵니다.

주말에는 늦잠을 자는 일이 많습니다. 아이들과 함께 놀러가기로 약속했는데, 술이 깨지 않아 약속을 지키지 못한 일도 있습니다. 아이들과 함께 좋은 시간을 보내리라고 다짐하지만, 그 다짐은 흐지부지되는 일이 대부분입니다. 그러다보니 때로는 자신이 너무나 싫어집니다.

한편 술을 마실 때 누가 조금이라도 기분 나쁜 소리를 하면 받아들이지 못하고 과격하게 반응하고는 술에서 깨고 나면 후회하기 일쑤입니다. 상대방이 아무리 심한 말을 했어도 농담으로 받아 넘겨야 하는데, 그러지 못해서 인간관계만 소원해진 것이 아닌지, 마음이 괴롭습니다. 나이만 먹었지 도대체 그놈의 술버릇 때문에 평소에 딴 점수를 다 까먹는 것입니다.

이 버릇을 고치기 위해 불경을 읽기 시작했습니다. 일요일에는 절에 가서 스님의 설법을 듣기도 했습니다. 못된 습관을 고칠 필요가 있다고 생각했습니다. 하지만 그것도 그때뿐이고, C의 태도는 크게 변하지 않았습니다. C는 술에 취하지 않았는데도 취한 놈처럼 휘청거리는 자신이 미워 죽을 지경입니다.

내 마음은 아직도 넘어질 때가 많습니다

저는 나이가 들면 살아가는 동안 넘어지는 일이 없을 줄 알았습니다. 마음이 굳건해질 줄 알았습니다. 하지만 술에 취하지 않았는데도 마음은 넘어지고 쓰러집니다. 나이만 먹었지 어린아이처럼 불안하고 안달하며 조급합니다. 신경질내고 욕도 해댑니다. 성숙한 어른이 되기는 멀고도 멀었습니다.

이 세상에는 무엇이 좋고 나쁜지를 판단하는 감각이 마비된 채 출세를 위해서라면 무엇이든 하는 어른도 많습니다. 옹졸한 어른, 썩어빠진 어른이 관대한 젊은이, 깨끗한 젊은이보다 얼마나 많은지 모릅니다. 저도 그런 어른이 아닌지 자문자답을 해봅니다. 그래서 마음공부를 해야 '진짜 어른'이 된다고 생각하게 되었습니다.

진짜 어른이 되기 위해서는 마음으로 준비하고 배우고 경험하고 실천해야 합니다. 사람은 어린 시절부터 좋은 습관을 익혀야 합니다. 하지만 저는 어린 시절에 형성된 좋은 습관이 별로 없습니다. 부모님에게 배우지도 못했고, 학교에서 배우지도 못했습니다. 나이가 들면서 스스로 노력하면서 만들어가고 있습니다. 책에서 읽은 것과 사람에게서 배운 것을 제 습관으로 만들기 위해 애쓰면서 살고 있습니다.

저는 책 읽는 습관을 들였습니다. 토요일 신문을 보면 그 주에 새로 나온 책이 소개됩니다. 신문에 소개되는 책에 관한 내용은 거의 다 읽습니다. 그리고 한 달에 두 번은 서점에 가서 신문에 소개되었던 신간이며 마음에 드는 책을 골라 읽거나 구입합니다. 특히 철학 서적과 역사소설에 관심이 많습니다. 철학은 인간을 인간답게 만들어주고, 마음의 폭과 깊이를 더해주기 때문입니다. 역사소설은 등장인물을 통해 세상의 수많은 사람들이 무엇을 생각하고 어떻게 살아가는지를 보여줍니다. 학교에서는 전공 관련 서적을 읽지만, 집에서는 그 외의 책을 읽습니다.

저는 사람 만나는 것을 즐기는 편입니다. 학교 선생이 되고 보니 주로 학생을 만나지만 학교 밖의 사람들도 자주 만납니다. 대개 저녁식사를 하지만 아침식사를 하기도 합니다. 주로 인생의 선배들입니다. 그분들의 인생 경험이나 경륜, 품격, 교양을 배우려고 합니다.

습관은 몸과 마음이 굳어지기 전인 어릴 때 익혀두는 것이 좋습니다. 나이가 들면 좋은 습관을 익히기도 어렵고, 나쁜 습관을 고치는 것은 더 어렵기 때문입니다. 어릴 때 배운 담배가 지금까지 제게 족쇄를 채우고 있어서 하는 말입니다.

인간은 정말 복잡한 동물인 것 같습니다. 제 하루를 들여다보면 알 수 있습니다. 저는 감정의 기복이 왜 이렇게 심한지 모르겠습니다. 의지와 이성이 저를 지배하는 시간은 적고, 감정이 지배하는 시간이 압도적으로 많습니다. 또 가방끈이 긴 제가 멍청한 행동을 하고, 열한 살밖에 되지 않은 제 아들이 현명한 행동을 하기도 합니다. 나이는 쓸모 있는 행동을 하느냐 아니냐의 기준이 아닙니다.

순간순간의 감정 변화에 따라, 몸의 컨디션에 따라 변하는 것이 저라는 사람입니다. 제가 진정한 어른이 되기는 어려운 일인가

봅니다. 그래서 책을 통해 연마하고 마음을 가다듬을 수밖에 없다고 생각합니다.

가난을 도둑질하는 부자

경험은 스승입니다. 자신의 경험을 통해 배우는 것은 물론이고 남의 경험에서도 배워야 합니다. 가치관과 사고방식이 다른 사람에게서는 더 많은 것을 배우는 것 같습니다. 같은 가치관과 사고방식을 가진 사람들만 있다면 아집과 독선에 빠질 위험이 클 수도 있습니다. 자신이 옳다고 확신하는 에고가 강화되기 때문이지요.

남에게서 좋은 점을 배워 익히고, 나쁜 점을 보면 '저렇게 되지 말자'고 생각할 일입니다. 사회적 지위가 있든 없든, 부자든 가난한 사람이든, 나이가 많든 적든, 누구에게나 배울 점이 있으면 자신의 것으로 만들려고 노력할 일입니다. 그래야 넘어지려고 하는 마음을 잡을 수 있을 것이 아닙니까?

저는 가능한 한 다양한 직업에 종사하는 사람을 만나려고 노력합니다. 그들로부터 보고, 듣고, 배웁니다. 제 길을 잘 찾기 위해서 필요하다고 생각하기 때문입니다. 또한 세상 물정을 제대로 알 필요가 있기 때문이기도 합니다.

제가 자주 만나는 사람들이 있습니다. 어느 로펌의 A변호사님은 알고 지낸 지 10년이 넘었습니다. 이분은 자상하고 세련된 매너의 소유자입니다. 저는 이분에게서 자상함과 친절함 그리고 세련

자신의 마음만큼 알 듯하면서도 모르는 것은 없습니다

그러니 배운 것과 경험한 것을 새기며

마음공부를 해야 합니다

된 매너를 도둑질해 제 것으로 만들려고 노력합니다.

중소기업을 경영하는 B회장님도 계십니다. 이분은 고생을 많이 하셨는데도 유머가 넘칩니다. 저는 이분에게서 적절하게 유머 구사하는 법을 배워 제 것으로 만들고 싶습니다. 또 지칠 줄 모르는 열정도 가져오고 싶습니다. 기업의 임원인 C라는 분은 배려심이 깊습니다. 저는 이분에게서 나이 어린 사람들을 어떻게 배려하는지, 그 방법을 도둑질했습니다.

제 아버지로부터는 성실함과 꼼꼼함을 도둑질했습니다. 아버지는 비가 오나 눈이 오나 가족의 생계를 위해 장사를 하러 나가셨습니다. 일요일에도 쉰 적이 없었습니다. 어릴 때는 어머니를 다른 사람에게 당하고만 사는 사람이라고 원망했지만, 저는 어머니에게서 남을 사랑하는 마음과 양보하는 마음을 배웠습니다. 제가 만나는 학생들에게서는 순수함과 낭만적인 마음을 도둑질하면서 살고 있습니다.

박완서의 소설 『도둑맞은 가난』에는 부자 아들이 가난을 도둑질하는 내용이 나옵니다. 부자는 자신의 아들에게 가난한 자의 가난을 왜 훔치게 했을까요? 가난한 사람이 가난에 시달리는 것을 경험하면서 부자 아들은 고난과 역경을 알게 됩니다. 부자는 '비와 바람을 맞아보지 않은 사람은 세상 물정을 모른다'고 여겼기 때문에 아들에게 가난을 훔치라고 한 것이지요.

배운 것과 경험한 것을 생활 속에 살리면서 자기 나름의 태도를 만들어가야 합니다. 마음이 중심을 잡을 필요가 있으니까요. 여자의 마음이 갈대가 아니라 인간의 마음이 갈대와 같아서 툭하면 넘어지기 쉬운 것 같습니다. 그러니 항상 마음공부를 해야 합니다. 마음공부를 해나가면 넘어지는 일이 줄어드는 때가 오지 않을까요.

lateness life

저는 외모도 성격도 '루저'입니다

"봄학기를 마치고 서울 자취방에 있던 짐을 정리해서 고향으로 내려왔습니다. 육군 기술행정병 모집에 합격하여 10월 4일 입대를 앞두고 있습니다. 군대생활 하면서 내성적이고 조용한 성격을 외향적이고 활동적으로 바꾸도록 노력할 예정입니다. 교수님 말씀대로 외모에 신경쓰지 않고 쿨한 사람이 되도록 하겠습니다. 제대 후 복학해서 인간적인 매력이 넘치는 제 모습을 보여드리겠습니다."

입대를 앞둔 K가 찾아왔습니다. 군대생활에 대한 조언을 하다가 이야기가 엉뚱하게 외모와 성격으로 흘러갔습니다. K는 외모와 성격에 불만이 많습니다. 작은 키, 크고 나이 들어 보이는 얼굴, 짧은 하체와 긴 상체, 팔자걸음 등을 속상해합니다. 아빠와 엄마의 단점만 닮은 것 같다고 했습니다. 성격이 소극적이고 냉소적인 것도 불만입니다. 군대생활을 하면서 외향적이고 활동적인 성격으로 바꾸겠다고 말했습니다.

A는 대학 입학 후 고등학교 동문회에 나갔습니다. 후배다보니 늦지 않기 위해 약속 장소에 조금 일찍 도착했습니다. 처음 보는 선배들이 오기 시작했습니다. 동문회장 선배가 다른 선배들에게 A를 인사시켰습니다. 인사를 받던 한 선배가 A의 마음에 상처를 냈습니다. "야, 너 신입생이야? 왜 이리 얼굴이 삭았어?" 외모 콤플렉스가 있던 A는 기분이 몹시 상했습니다. 그 선배는 "이제부터 선배들이 오면 A를 이번에 복학한 선배님이라고 소개하자" 하며 계속 장난을 쳤습니다.

안 그래도 외모 때문에 주눅이 든 A는 얼굴이 붉어졌습니다. 뒤이어 들어오는 선배들도 A에게 허리를 숙이고 꾸벅 인사를 했습니다. A는 성형을 할까도 고민했지만, 큰 얼굴과 늙어 보이는 얼굴은 이른바 '견적'이 많이 나온다는 말을 듣고 포기했습니다.

내성적인 성격인지라 이런 마음을 속시원히 말하지도 못하고 혼자 끙끙 앓는 자신이 싫었습니다. 마음이 꼬여서인지 가끔 내뱉는 말도 빈정대는 투라 인간관계를 해치는 일도 있었습니다. 고치려고 해도 참지 못하고 냉소적으로 말하게 됩니다.

저는 '줄리어스 루저'입니다

저도 A처럼 키가 작습니다. 또 작은 얼굴, 작은 손, 작은 발을 가졌습니다. 생김새도 평범합니다. 초등학교나 중학교 때는 별로 불만이 없었습니다. 하지만 사춘기 이후부터 30대까지는 외모에 열등감이 있었습니다.

특히 20대에 미팅이나 소개팅을 하면 저보다 키가 큰 여학생이 나왔습니다. 두말할 것 없이 차이는 일이 많았습니다. 30대에 결혼할 여자를 소개받는 자리가 있으면, 상대방은 꼭 미리 제 키가 얼마인지 물었습니다. 기분이 별로 좋지 않았습니다.

저는 키가 작거나 얼굴은 못생겼지만 후에 좋은 평가를 받는 역사적인 인물을 부지런히 찾아냈습니다. 그렇게 찾은 인물이 키가 작고 못생겼다는 『삼국지』의 등장인물 '봉추鳳雛 방사원龐士元'입니다. 그는 유비를 보필할 만큼 영리했습니다. 외모가 볼품없었다는 소크라테스와 링컨은 물론, 나폴레옹과 덩샤오핑도 키가 작은 대표적인 인물입니다. '작은 고추가 맵다'는 말도 좋아하기 시작했습니다. 그리고 작고 매운 청양고추 먹는 것을 좋아합니다. 정말입니다.

언젠가 미모의 중국인 변호사를 만났습니다. 식사 자리에는 이 변호사와 다른 중국인 세 명 그리고 한국인으로는 저와 다른 남성 두 명이 있었습니다. 대화를 나누는 도중에 역사에 관한 이야기가 나왔습니다. 그녀는 측천무후를 좋아한다고 했습니다. 저는 덩샤오핑을 좋아한다고 했습니다. 그녀와 저는 쿵짝이 잘 맞았습니다. 저는 함께 온 이들에게 얘기했습니다. "저하고 덩샤오핑 사이에 공통점 세 가지가 있습니다." "그게 뭐지요?" 그녀는 호기심 어린 표정을 지었습니다. "덩샤오핑과 저는 모두 키가 작습니다. 그리고 저나 덩샤오핑이나 애주가요, 끽연가입니다. 마지막으로 둘 다 수영을 좋아합니다. 한번 만나고 싶었는데 세상을 먼저 떠나버렸네요."

저는 진지한 표정으로 웃지도 않고 말했습니다. 그 여성은 크게 웃었습니다. 언젠가 〈미녀들의 수다〉라는 TV 프로그램에 출연한 여대생이 "키는 경쟁력이며 키 작은 남자는 루저라고 생각한다"라고 발언하여 좀 소란했습니다. 저는 루저입니다. 제 형은 줄리어스 시저구요. 농담삼아 저는 '줄리어스 루저'라고 이야기합니다. 저는 나이가 들어가면서 외모에 전혀 신경을 쓰지 않게 되었습니다. 키나 얼굴 등의 외모에 신경을 쓰면서 살아갈 만큼 마음의 여유가 없으니까 말입니다.

저는 제 성격을 좋아해본 적이 없습니다. 남들은 저를 보고 외향적이고 활동적이라고 합니다. 제 생각에 꼭 그런 것 같지는 않습니다. '성격이 어떻다' 하는 것은 주로 남이 하는 말입니다. 저는 무척 소심할 때도 있고, 지나치게 대범할 때도 있습니다. 마음이 들떠서 지껄이기도 하고, 마음이 울적해져서 조용해지기도 합니다.

저는 제 성격이 극에서 극으로 변하는 것이 몹시도 싫었습니다. 이성적인 척하다가 감수성이 풍부한 놈으로 갑자기 변하니까 말입니다. 이것도 합리화를 했습니다. 감정이 풍부하면 좋은 것이 아닌가 하고 말입니다. 풍부한 감수성을 가졌다면 인정이 많은 사람이 될 수 있다고 생각했습니다.

좋은 마음을 먹으면 외모도 변해갑니다

내면을 다듬어가면 성격도 변합니다

이것이 인품이 되는 것입니다

생긴 대로 살면 외모도 변해갑니다

외모에 불만이 있으면 성형을 하면 됩니다. 외모 때문에 열등감이 있는데 성형을 해서 그게 없어진다면 해야 한다고 생각합니다. 저도 어릴 때 경제적인 여건이 되었으면 성형을 해달라고 졸랐을 것입니다.

성격은 어려운 문제입니다. 이것은 병원에 가서 성형을 할 수도 없습니다. 하지만 노력하면 바꿀 수 있습니다. 결심과 의지가 중요하지요. 자신의 성격에 대해 열등감을 가질 필요는 없습니다. 또 반대로 우월감을 가질 필요도 없습니다. 사람마다 외모가 다르고, 성격이 다르며, 타고난 재주도 다른 것이 당연한 것 아닐까요?

저는 결혼하기 위해 여러 명의 여성을 소개받았습니다. 지금의 아내를 처음 만났을 때 그녀는 "생긴 대로 살아요"라고 제게 말했습니다. 그래서 저는 '이 여자는 나와 생각이 같구나' 하는 마음이 들어서 결혼을 했습니다.

외모든 성격이든 있는 대로 살면 됩니다. 나이가 들수록 사람의 외모보다 인간적인 매력이 더 중요합니다. 주변을 보면 남녀 불문하고 매력덩어리인 사람이 참 많습니다. 얼마나 다듬고 노력했으면 저렇게 멋진 사람이 되었을까? 외모든 성격이든 말입니다. 외모가 빼어난데 성격이 엉망인 사람은 금방 싫증이 납니다. 그 사람하고는 다시 만나고 싶지 않습니다. 외모는 별로지만 성격이 좋은 사람을 만났을 때는 다시 만나고 싶습니다.

오래전 중견기업의 한 여성 임원인 K라는 분을 만났습니다. 외모는 보잘것없는데다가 첫인상이 무척이나 강해 보였습니다. 하지만 K는 잔잔하게 웃고 있었습니다. 상대방이 말하면 잘 들어주고 분위기를 주도하는 인간미가 있었으며, 주위 사람을 배려하는 매력이 있었습니다. 솔직담백하고 진실하고 우아한 미소가 정말 매력적이었습니다. 직장 상사나 부하직원 모두에게 인기가 넘쳤습니다. 지금까지 수년간 교류하며 지냅니다.

생긴 대로 살면서 좋은 마음을 먹으면 외모도 변해갑니다. 내면을 다듬어가면 성격도 변합니다. 이것이 인품이 되는 것입니다. 얼굴 모습과 말과 행동에서 인품이 드러나게 되는 것입니다.

lateness life

저는……
어떤 선택을 해야 할까요?

"요즘 진로 문제로 생각이 복잡합니다. 전공을 살려 공인회계사 시험을 준비하고 싶습니다. 아버지는 대학원에 진학해서 석사 학위를 받은 후 공기업에 취직하라고 하셨는데, 요즘은 갑자기 로스쿨에 진학할 것을 권하십니다. 일단 여러 가지 가능성을 열어두고 있는데 교수님께서 조언을 해주시면 많은 도움이 될 것 같습니다."

J는 전역 후 복학해서 공인회계사 시험을 준비하려고 합니다. 하지만 아버지는 회계사 공부하는 것을 말립니다. 아버지 자신이 회계사로 회계 법인에 근무하고 있지만, 회계사자격증이 예전처럼 취업에 크게 도움이 되지 않는다면서요. 아직은 J를 경제적으로 지원할 여력이 있으니 대학원에 진학해서 석사 학위를 받고 공기업에 취업하라고 합니다. 공기업은 고용 안정성이 높으니 중간에

구조조정될 염려가 적고, 영업을 하지 않아도 된다면서요. J는 아버지처럼 회계사가 될 것을 희망했는데, 아버지의 말 때문에 혼란스럽습니다.

한 학기가 지난 후 J가 다시 저를 찾아왔습니다. 자신은 스포츠 에이전트가 되고 싶다고 합니다. 운동을 잘하니 스포츠 에이전트가 되면 어느 정도 성공하지 않을까 생각한답니다. 이번에도 아버지가 말립니다. 스포츠 에이전트는 국내 시장 규모가 작아서 먹고사는 데 안정성이 없다면서 말입니다. 그러고는 공기업이 싫으면 차라리 로스쿨에 진학해 변호사자격증을 취득하라고 말합니다. 변호사자격증이 그래도 경쟁력이 있으니 변호사가 된 후 법원이나 검찰, 행정부에 근무하면 되지 않느냐고 하십니다. 하지만 J는 법학이 자신의 적성에 맞지 않는다고 합니다. J는 진로를 놓고 아버지와 갈등을 빚으며 갈팡질팡하고 있습니다.

J는 저 나름대로 스포츠 에이전시에 대해 많은 조사를 했습니다. 운동 외에는 다른 일에 신경쓸 여력이 없는 프로 선수들을 대신해서 복잡한 연봉 협상, 운동량 및 선수들의 이미지 관리, 광고 계약 체결 등의 일을 담당하는 기업이 스포츠 에이전시입니다. 이런 회사에 고용되어 업무나 교섭을 대행하는 일을 스포츠 에이전트가 합니다. 원래 에이전시는 연예계에 보편화된 직종이지만 프로스포츠가 관심을 끌면서 스포츠 스타들을 관리하는 직업도 등장하게 되었습니다. 톰 크루즈 주연의 〈제리 맥과이어〉는 당시만 해도 생소했던 스포츠 에이전트라는 직업을 소재로 한 영화였습니다.

선택은 위험을 감수해야 할지도 모릅니다

인생은 수많은 선택의 연속입니다. 작은 일이든 큰일이든 선택해야 하는 경우가 많습니다. 학생들의 경우, 선택이라는 기로에서서 고민을 하다가 종종 상담을 청해옵니다. 그럴 때면 조언하는 것이 정말 어렵습니다. 때로는 '내가 너라면 나는 이렇게 하겠다' 혹은 '네가 내 사랑하는 딸이나 아들이라면 나는 너에게 이렇게 말하겠다'는 식으로 이야기합니다. 하지만 이렇게 말하는 경우도 드뭅니다. 제가 누군가의 선택을 대신해줄 수 없기 때문입니다. 누군가가 제 선택을 존중해 그에 따랐는데 잘못된 선택이라면 어떻게 합니까. 그래서 정보만 주고 주변의 얘기를 들려주는 것으로 대신하는 경우가 많습니다.

제가 고시공부를 시작할 때입니다. 20대 후반 나이에 취업이 아닌 공부를 선택하기는 어려웠습니다. 고생하는 아버지와 어머니, 동생들을 위해 생계를 책임져야 하는데도 저는 그런 선택을 했습니다. 어찌 보면 가족을 내팽개치는 일이었습니다. 강북구 번동의 단칸방에서 가족이 함께 생활하던 시절이었습니다. 아버지는 장사를 나가시고 어머니는 밭에 잡일 다니시고, 동생들은 고등학교와 중학교에 다니고 있었습니다. 저는 이기적인 놈이었습니다. 저를 말리는 아버지와 많이 싸웠습니다. 저는 제 인생 전부를 걸고 무모한 도전을 감행했습니다.

고시에 합격해 사법연수원에 다닐 때도 마찬가지입니다. 진로 고민을 많이 했습니다. 대형 로펌은 나이 든 사람을 잘 받아주지 않아 아예 지원할 생각도 하지 않았습니다. 작은 로펌에 들어갈 생각을 하고는 로펌에서의 수습, 검찰과 법원에서의 수습을 마쳤습니다. 그후 정부나 공기업 등에서 연수를 해야 했습니다. 1지망은 H해운, 2지망은 P기업, 3지망은 B공기업을 지원했습니다. H해운은 일본 여행을 보내준다는 소문이 있어서였고, P기업은 국내 여행을 시켜주고 푸짐한 선물을 준다는 소문이 있어서였습니다. 3지망은 별 생각 없이 지망할 곳이 마땅치 않아 그냥 찍었습니다.

그런데 나이 어린 동료들이 제게 이번에는 양보하라고 했습니다. 판사시보와 검사시보를 서울에서 했으니까 말입니다. 그래서 저는 3지망인 B공기업으로 연수를 가게 되었습니다. 3주 내지 4주 동안의 연수가 시작되었지만 동료들은 잘 출석하지 않았습니다. 강제할 수가 없기 때문입니다.

그 공기업에서 강의를 듣게 되었습니다. 저는 그 공기업에 변호사가 근무한 적이 있었는지, 미국이나 영국 등 선진국에 있는 유사한 공기업에는 변호사가 몇 명 정도 근무하는지를 물었습니다. 다른 나라에는 많은 수의 변호사가 공기업에 근무하고 있다고 답해주었습니다. 곧 우리나라도 바뀔지 모른다는 생각을 했습니다.

며칠 후, 저는 교보문고로 갔습니다. 법 관련 서가에 서서 책들을 살펴보았습니다. '증권거래법'이라는 제목을 단 책이 단 한 권밖에 없었습니다. 증권시장에 관심이 있던 터라 여러 곳을 살펴보았는데 결과는 마찬가지였습니다. 아직 이 분야를 전문적으로 다루는 이들이 많지 않았던 것이었습니다. 저는 앞으로 이 분야에 관심을 갖고 전문가가 되기로 했습니다. 자본주의가 망하지 않는 한

증권시장은 망하지 않을 것이라고 생각했습니다. 또 그 분야의 1호가 되면 희소성 원칙이 통용되어 자리잡을 수 있을 것이라는 생각도 했습니다. 저는 진로를 앞두고 고민하기 시작했습니다.

어느 날 집에서 텔레비전 리모콘을 돌리다가 우연히 케이블 채널을 보게 되었습니다. 〈만화 삼국지〉를 방영하고 있었습니다. 조조가 동탁에게 쫓겨 도망을 가는 장면이 나왔습니다. 조조는 "동쪽으로 도망가서 실력을 쌓은 후에 다시 낙양으로 가서 동탁과 대적하리라" 하고 말했습니다. 저는 그 순간 저도 법조계를 떠나 다른 곳에서 일하다가 실무와 관련된 실력을 쌓은 후 법조계로 돌아가리라는 생각이 퍼뜩 들었습니다. 그래서 그 공기업을 선택하기로 결심했습니다. 전례가 없는지라 임원들은 '힘 없는 기관에 왜 오려 하느냐'고 말했습니다. 또 연수원 동료나 교수들도 '힘도 없는 기관에 왜 가느냐'고 의아해했습니다. 저는 신경쓰지 않고 그 공기업의 문을 두드렸습니다. 그리고 입사하게 되었습니다.

선택은 과감하게, 후회는 적게 해야 합니다

자신이 선택권을 행사할 수 없는 일이 있습니다. 이것은 권한 밖의 일입니다. 받아들일 수밖에 없습니다. 하지만 자신의 의지로 선택할 수 있는 일은 다릅니다. 내가 무엇을 하면서 삶을 만들어 갈지는 누구도 대신 선택해줄 수 없습니다. 내가 스스로 해야만 합니다. 그 선택이 나를 결정하게 됩니다. 그런데 그 선택은 어렵습니다. 이래서 인생이 어려운 것 아니겠습니까?

최선의 선택을 하면 탁월한 선택이 될 수 있습니다. 그렇지 못하면 대안을 찾는 차선의 선택을 해야 합니다. 중요한 것은 선택에 도움을 줄 수 있는 정보 수집이라고 생각합니다. 책이나 사람에게서 정보를 얻어야 합니다. 그리고 과감히 선택할 필요가 있습니다.

선택은 나의 장래, 나의 모습 등 모든 것을 결정지을 것입니다. 작은 선택이든 큰 선택이든 신중해야 하지만, 돌다리를 두들기다 무너질 수가 있으니 판단이 섰으면 과감해져야 합니다. 또 선택을 했으면 후회를 최소화해야 합니다.

저는 B공기업에 들어간 후 한두 달 근무하면서 제가 한 선택을 후회했습니다. 회사 분위기와 문화가 마음에 들지 않았습니다. 또 그 회사에서 법무실무와 관련해서 터득할 것이 그리 많지 않다는 것을 알았습니다. 하지만 회사를 그만두는 것은 제 선택에 대한 실패를 스스로 인정하는 꼴이었습니다. 그래서 회사 내부에서 배울 수 없는 것은 회사 외부에서 배우기로 했습니다. 다른 회사의 전문가들을 많이 만나려고 노력한 것입니다. 그렇게 제 선택을 후회하지 않도록 만들었습니다. 판단했다면 과감하게 선택해야 합니다. 그리고 선택했다면 후회를 만들지 않아야 합니다. 그러한 선택이라야 자신을 발전시킬 수 있습니다.

lateness life

과거에서 벗어나고 싶습니다

“지금 저는 교환학생 생활을 정말 잘하고 있습니다. 교수님이 조언해주신 대로 다양한 외국인 학생들이랑 잘 어울려 지냅니다. 이제는 세계 각지에 제 친구들이 있다는 생각에 정말 뿌듯합니다. 교수님 말씀대로 과거에서 벗어나 현재를 열심히 사는 게 중요하다는 걸 알았습니다. 스승의 날이라 많은 학생들이 교수님을 찾아뵐 텐데, 저는 이렇게 메일로나마 안부를 전합니다. 해외에 있으면서 다시 한번 앞으로의 제 인생에 대해 깊이 생각해보게 되었습니다.”

A는 초등학교 2학년 때 가족 모두 미국의 실리콘밸리로 이사를 갔습니다. 대기업에 다니는 A의 아버지가 해외지사로 발령을 받았기 때문입니다. 미국에서의 생활은 행복했습니다. 한국에 있을 때

아버지는 매일 밤 술에 취해 늦게 들어왔다가 다음날 아침 일찍 회사에 나갔고, 토요일이나 일요일에도 회사에서 일을 하거나 골프를 치러 나갔습니다. 그래서 일주일 동안 아버지 얼굴을 볼 일이 거의 없었습니다.

그런데 미국에 오니 아버지가 늘 가족과 함께 있었습니다. 여행도 자주 다녔고, 외식도 자주 했으며, 일요일마다 교회에 함께 가서 예배도 드렸습니다. 집에서 가족끼리 놀이나 퍼즐 맞추기 게임도 하며 함께 많은 시간을 보냈습니다. 그리고 A가 5학년 때 한국으로 들어왔습니다. 아버지가 다시 한국에서 근무하게 되었기 때문입니다.

아버지의 한국 생활은 미국에서보다 바빴습니다. 하지만 주말이나 휴일에 아버지는 가족과 함께 시간을 보내는 일이 많았습니다. 아버지는 이제 한국에서도 가정적인 사람이 되었습니다. A도 한국 생활이 좋았습니다.

A가 중학교 3학년 2학기가 되었을 때, A는 교환학생으로 미국에 가서 1년쯤 있다가 돌아왔습니다. 영어에 자신이 있어서 외국어고등학교에 들어갈 준비를 했습니다. 친구들은 A를 부러워했습니다. A가 고등학교 2학년 때 아버지는 회사를 그만두고 사업을 시작했습니다. 사업을 시작한 아버지는 다시 예전처럼 집에 늦게 들어왔고, 주말이나 휴일에도 골프를 치러 나갔습니다. 그렇게 바빴지만, 그래도 아버지의 얼굴은 늘 밝았습니다.

A는 대학에 진학했고, 아버지와 엄마도 좋아했습니다. 자상한 성격의 A는 친구관계도 좋았습니다. 교회에서는 초등학생들 공부

를 돌봐주었고, 몽골과 네팔 등에 봉사활동도 다녀왔습니다. 또 장애인 단체나 양로원에 가서 목욕을 시키고 돌보는 봉사활동도 했습니다. A는 어려운 사람들을 돕는 선행을 많이 했습니다.

A가 대학교 2학년 때입니다. 법원에서 웬 통지서가 날아왔습니다. 집이 경매에 넘어갔다는 것입니다. 또 경찰에서 아버지를 찾는 전화가 걸려왔습니다. 아버지는 경찰 조사를 받은 후 이어서 검찰 조사를 받았고, 사기죄와 횡령죄로 감옥에 들어갔습니다. 그야말로 마른하늘에 날벼락이었습니다.

A의 가족은 아버지의 지인들 도움으로 단독주택으로 이사했습니다. 이런 일을 감당할 수 없었던 A는 휴학을 했습니다. 하지만 큰 충격을 받아 아무도 만나려 하지 않았습니다.

지금 여기에 충실하면 행복합니다

'과거에 갇혀 사는 사람'이 있습니다. 그 사람이 과거에 잘나갔기 때문이겠지요. 저는 과거에 빛을 본 일이 없었기 때문인지 현재에 살고자 했습니다. 현재 중에서도 '바로 이 순간'에 살려고 했습니다. 지금 여기에 집중하고 몰두해야 현재의 괴로움을 잊을 수 있으니까요.

'미래만 꿈꾸는 사람'도 있습니다. 꿈과 야망이 있는 사람입니다. 저는 미래가 불투명하고 불확실했기 때문에 미래를 꿈꾸지도 못했습니다. 그저 한 가지 일에 몰두하면서 현재의 행복감을 찾는 사람이었습니다.

고시공부를 시작한 지도 여러 해가 지나 서른다섯 살이 되었을 때입니다. 그동안 한 일이라고는 시험에 떨어진 경험뿐이었습니다. 스스로 학대도 하고 비하도 했습니다. 밥만 축내는 식충이라는 생각도 들었고, 밥을 담아두는 밥통이라는 생각도 했습니다.

'마지막으로 한 번만 더'라는 생각을 하고 8년째 되던 해 1차 시험을 치렀습니다. 불안에 떨면서 일주일을 보냈습니다. 다행히 1차에는 합격했습니다. 2차 시험을 준비하기 위해 신림동 고시원으로 들어갔습니다. 3개월 치 생활비를 친구와 후배들에게 빌리기로 했습니다.

고시원 이용료를 낼 때가 되었습니다. 은행에 가서 돈이 들어왔는지 확인했습니다. 돈은 없었습니다. 점심에도 확인하고 저녁에도 확인했습니다. 미안함을 무릅쓰고 친구와 후배에게 전화를 했습니다. 돈이 안 들어왔는데 무슨 일이냐고 물었습니다. 그들은 조금만 기다려보라고 했습니다. 제 돈도 아닌데 빨리 보내라고 할 수도 없었습니다.

공부가 손에 잡히지 않았습니다. 머리가 산만하고 복잡했습니다. '이렇게까지 살아야 하나?' 하는 생각도 들었습니다. 스스로가 한심하고 우울해지기 시작했습니다. '지금 내가 할 수 있는 일은 무엇인가?' 하고 스스로에게 물었습니다. 모든 것을 잊기로 했습니다. 지금 할 수 있는 것은 책을 보는 것뿐이라는 생각을 했습니다. '바로 이 방에서 내가 책을 붙들고 씨름하는 것'은 할 수 있을 것 같았습니다. 그렇게 생각하니 마음이 조금 차분해지고 평안함이 잔잔하게 밀려왔습니다. 저는 그때의 경험을 소중하게 기억하고 있습니다.

사람은 약한 존재입니다. 현재의 괴로움은 지금 바로 여기에서 자신이 할 수 있는 일에 충실하면서 잊어버려야 합니다. 지금 여기에 충실하면 몰려오는 걱정도, 두려움도 잊을 수 있습니다. 과거에 아픈 상처가 있으면 더더욱 지금 여기에 충실해야 합니다. 과거를 잊고 현재에 충실하면 즐거움과 기쁨이 마음속으로 밀려들어올 것입니다. 마음이 힘들수록 현재에 충실하면 작은 행복을 맛볼 수 있습니다.

저는 함께 식사를 하는 지금이 가장 행복합니다

식사를 하는데 일 걱정만 하면 음식 맛이 날까요? 등산을 왔는데 해야 할 일 걱정만 하면 산에 온 느낌을 즐길 수 있을까요? 저는 어릴 때부터 결혼 전까지 가족끼리 오순도순 식사를 한 경험이 없습니다. 아버지는 일요일에도 장사를 나가셨으니까요. 어머니도 일 다니느라 바쁘셨으니까요. 그래서 어른이 되어 자식이 생기면 온가족이 함께 식사를 꼭 해보고 싶었습니다. 지금도 다른 것은 몰라도 가족끼리 함께 밥을 먹으며 시간을 보내려고 합니다.

일요일 점심은 제 몫입니다. 아내는 삼겹살을 굽고 저는 상추와 쑥갓을 씻은 후 점심상을 차립니다. 상추에다 찬밥을 얹고 구운 삼겹살을 올려 된장을 넣고 쌈밥을 만듭니다. 저도 먹고, 아내의 입에도 넣어주고, 딸아이의 입에도, 아들아이의 입에도 넣어줍니다. 저를 제외하고는 밥을 받아먹을 준비만 하면 됩니다. 순서에 따라 가족들의 입에 쌈을 넣어주려면 손놀림이 빨라야 합니다. 아내와 아이들이 제가 먹여주는 쌈밥을 먹고 좋아하는 표정을 지을 때 저는 정말 행복합니다.

또 학교에서도 학생들과 자주 점심을 먹습니다. 제가 선생이 된 후 제일 행복한 시간이 이 점심시간입니다. 점심을 함께 먹은 학생들에게서 도움을 많이 받았다는 연락이 오면 저는 행복감에 젖어듭니다. 저 또한 젊은 학생들과 함께 밥을 먹으면서 영혼이 맑아지고 밝아지는 느낌입니다. 점심을 함께하면서 대화를 나누는 것이 제가 해야 할 일 중의 하나라고 생각하게 되었습니다.

지금 하고 있는 일에 충실하다보면 잔잔한 기쁨과 즐거움이 밀려올 때가 있습니다. 저는 그것이 행복이라고 생각합니다. 삶은 현재진행형입니다. 과거형도 아니고 미래형도 아닙니다. 오직 지금 여기서 자신이 하는 일에 충실하면 행복감을 맛볼 수 있습니다.

lateness life

저는 살아남기 위해 공부했습니다

“교수님께서 2주일 전 수업 시간에 학원에 다니지 않고 대학에 들어온 사람은 손들어보라고 했을 때 얼떨결에 손을 들게 되었습니다. 교수님께서는 저에게 대단하다고 하셨지만 사실 대단한 것이 아니라 선택할 수 있는 것이 공부밖에 없었습니다. 어릴 때 삶과 죽음에 대해 고민했고, 살아남는 자가 강한 자라고 생각했습니다. 저는 살아남기 위해 공부했습니다. 중간고사 끝나고 오늘처럼 약주 드실 때 불러주십시오. 살아온 이야기, 사는 이야기, 그리고 살아갈 이야기를 함께 나누었으면 좋겠습니다.”

스물일곱 살인 L은 1987년 함경북도 청진시 경성군에서 태어났습니다. 아버지는 쌀을 구해오겠다며 1998년 2월에 집을 나갔습니다. 어머니마저 그해 6월에 집을 나갔습니다. L은 열두 살 때 부모에게서 버림받고 모든 것을 잃었습니다.

어머니마저 집을 나간 후 L은 시장에서 구걸하는 '꽃제비' 생활을 했습니다. 시장에 나가 구걸로 끼니를 해결하고 역 대합실에서 잠을 잤습니다. 구걸만으로 끼니를 해결할 수 없게 되자 L과 친구들은 몰려다니면서 소매치기가 되었습니다. 길에서 보내는 시간이 늘어가면서 L은 소매치기와 싸움의 전문가가 되어갔습니다. 처음에 도둑질할 때는 손이 떨려 할 수 없었지만, 두세 번 반복될수록 도둑질이 생업이 되었습니다. 친구 한 명은 병들어 죽고, 또다른 친구 한 명은 다른 구역의 거지들과 싸우다가 맞아 죽었습니다. 소년이었던 L은 죽음의 공포에 떨었습니다.

L은 살아남기 위해, 아니 굶어죽지 않기 위해 도둑질을 해야만 했고, 구역을 빼앗기지 않기 위해 싸워서 이겨야만 했습니다. 매 순간 죽느냐 사느냐 하는 현실적인 문제 앞에서 L은 선택해야만 했고, 마음은 무거웠습니다. 그러나 마음의 무거움보다는 굶으면 죽는다는 두려움이 더 컸기에 최선을 다해 싸움과 도둑질을 했습니다. 그렇게 열여섯 살까지 4년간 L은 거리에서 살았습니다. 그 기간 동안 죽어야 할지, 살아야 할지 고민했습니다.

L은 2002년 10월 23일 두만강을 건너 탈북했습니다. 그리고 2003년, 한국으로 먼저 온 아버지의 도움으로 한국으로 오게 되었습니다. 관계기관에서 조사를 받던 중에 아버지를 만났습니다. 아버지와 헤어져 지낸 지 5년이 흘렀기 때문에 아버지를 남한에서 처음 보는 순간 '아버지'라는 단어가 입에서 나오지 않았습니다. L은 그냥 선 자리에서 울고만 있었습니다. 아버지가 먼저 다가오더

니 꼭 안아주면서 '약속을 못 지켜 미안하다'고 했습니다. 면회실은 이산가족 상봉장이었고, 아버지와 L은 힘들었던 시간을 눈물로 흘려보냈습니다.

한국에서 살면서 열여덟 살 때 중학교 검정고시를 통과했고 열아홉 살에 부산에서 고등학교를 다녔습니다. 삶과 죽음을 생각할 정도로 힘든 시기였습니다. 그러나 L은 자신의 꿈을 위해 고등학교를 졸업하고 의과대학에 들어갔습니다. 남한에서 인기 있는 직업인 의사가 되기 위해서였습니다. 하지만 의사라는 직업을 갖는 것이 L에게는 맞지 않는다는 생각을 했습니다. 그래서 의대를 중퇴하고 다시 서강대학교 정치외교학과에 들어왔습니다.

현재 L은 아버지와 함께 한국에서 살고 있습니다. 법적으로는 한국인이지만, 고향 이야기를 할 때면 주위 사람들이 하나둘 떠나는 것을 느꼈습니다. 그래서 처음에는 강원도 속초가 고향이라고 거짓말을 했습니다. 계속 이렇게 거짓말을 하다보니 '나는 누구인가?' 하는 혼란을 겪게 되었습니다. L이 한국 사람들에게 가장 많이 받은 질문은 "남한이 좋니? 북한이 좋니?"였습니다. 조국이 어디인지, 자기 자신이 누구인지 모를 때는 "잘 모르겠어요"라고 대답했습니다.

하지만 종교를 갖게 되고 '내가 누구인지, 조국이 어디인지'에 대해 답을 찾은 후, L은 "그렇다면 당신은 아버지가 좋아요? 어머니가 좋아요?"라고 되묻습니다. 그럼 그들의 대부분은 잠시 머뭇거리다가 "음…… 두 분 모두 좋아"라고 답합니다. L은 그것이 바로 자신의 답이라고 했습니다. 자신은 북한 사람도 남한 사람도 아닌

한반도인이라고요.

L은 처음에는 북한에서 태어난 것을 저주했습니다. 그러나 지금은 북한에서 태어난 것을 감사하게 생각합니다. 왜냐하면 평생 하고 싶은 꿈을 찾았기 때문입니다. L은 서울에서 평양으로 기차가 달릴 수 있는 철로를 만드는 데 일조하고 싶다고 합니다. 그리고 지금 그 꿈을 위해 대학원 진학을 준비하고 있습니다.

저는 다음 차례일지 모릅니다

인생은 한 편의 연극이 아닌가 하는 생각이 듭니다. 세상이라는 무대에서 각자 맡은 배역으로 움직이다가 무대 뒤로 사라지는 것이 아닌가 싶은 것이지요. 한창 일할 나이라는 마흔이 넘어가면서 주위의 친구들이나 선배들이 세상을 떠나갔습니다. 나이 마흔이 무슨 '마의 나이'인 것처럼 말입니다. 그래서 죽음에 대해 생각해 보았습니다.

사실 저는 죽음에 대해 예민한 편입니다. 제가 아홉 살 때 어린 동생 둘이 세상을 떠나는 것을 보았습니다. 어머니는 세 자매 중 셋째 딸입니다. 제가 초등학교 시절 이모님 두 분이 홀로되셨습니다. 어머니는 무척이나 슬퍼하셨습니다. 그후 제가 장성해서 결혼을 하게 되었습니다. 많은 여성을 소개받은 후 제 아내가 될 여인을 만났습니다. 아내는 세 자매 중 둘째 딸입니다. 아내가 여덟 살 때 장인어른이 세상을 떠났고, 장모님은 홀로되셨습니다. 또 처형이 결혼하고 아이 하나를 낳은 후 동서가 세상을 떠났습니다. 아버지는 윗동서 두 명이 일찍 세상을 떠난지라 그다음이 당신 차례라는 생각을 하고 살았다며 결혼에 난색을 표했습니다. 제가 아내 될 여자와 결혼하면 그다음 차례일지 모른다는 억지를 부리면서 말입니다.

저는 징크스를 믿지 않고 운명도 믿지 않습니다. 저는 아내와 결혼해서 잘 살고 있습니다. 그런데 제 친한 벗 두 명이 각각 2년의 간격을 두고 마흔 살과 마흔두 살의 나이에 차례로 세상을 떠났습니다. 이들은 저와 삼총사로 불릴 정도로 친한 친구들이었습니다. 친구 문상을 갔더니 그 친구 형이 이런 말을 했습니다. "삼총사 중 이제 너만 남았다. 너 조심해야 한다. 어린 시절부터 네가 가장 엉망이었잖아!"

기분이 별로 좋지 않았습니다. 그다음에는 제가 죽을지도 모른다는 말을 서슴없이 했으니까 말입니다.

올해도 40대에 세상을 떠난 이가 제 주변에 여럿입니다. 사랑하는 부모와 자식, 명예와 재산, 모든 것을 남겨둔 채 재가 되어 연기처럼 사라졌습니다. 살아 있을 때 진정으로 해야 할 일이 무엇인가를 다시 한번 생각해보게 되었습니다.

언젠가는 모두 다 갈 것입니다. 그러니 살아 있을 때 후회하지 않고 살아갈 일입니다. "온 천하를 얻고도 제 목숨을 잃으면 무엇이 유익하리요"라고 예수도 말하지 않았습니까.

죽은 자는 죽은 자의 길을 가야 하고, 산 자는 산 자의 길을 가야 합니다. 나이 들어 세상을 떠날 것이라는 생각일랑 하지 말아

세상과의 마지막 이별은 갑자기 문을 열고 불쑥 찾아옵니다

살아 있을 때 더 많이 사랑하고

더 많이 용서해야 합니다

야 합니다. 마흔 살이 넘으니 주변에 떠나는 사람들이 늘어만 가더군요.

'죽음'이라는 이 세상과의 마지막 이별은 갑자기 문을 열고 불쑥 찾아온다는 것을 알게 되었습니다. 죽음을 말하는 것은 결국 삶을 이야기하고자 함입니다. 살아 있을 때 더 열심히 살고, 더 많이 노력하고, 더 많이 사랑하고, 더 많이 용서하고, 더 많이 즐기자는 말을 하고 싶습니다. 그리고 조금씩 내려놓는 연습을 하면서 살아가기를 바랍니다.

에필로그

유년기를 벗어나 소년기를 거치면서 청소년기에 접어들었습니다. 열등감이 저를 짓눌러 많이 힘들었습니다. 그후 청년기에는 많은 고민을 하면서 살았습니다. 가난, 이성, 친구를 비롯한 인간관계, 공부, 꿈과 성공, 사회, 어른 되기에 대한 고민 등입니다.

30대가 되면서 취업과 결혼에 대한 고민을 했습니다. 좋은 직업과 좋은 배우자를 만나기 위해 지금까지 살아온 것이 아닌가 싶을 정도로 온통 세상은 취업과 결혼 이야기였습니다.

그후 취업을 하고 결혼을 하고 나니, 이제는 본격적으로 먹고살기 위한 고민을 해야 했습니다. 사회생활의 고민과 갈등, 부모와 자식 간의 갈등, 가정 내 갈등은 전부 그놈의 돈 때문에 일어나는 것 같았습니다. 여섯 살 때 서울로 이사를 와서 지금까지 어떻게 하면 가난하게 살지 않을까 하는 고민이 제일 컸습니다.

저도 대학에서 학생들을 가르치기 전까지는 남들처럼 앞만 보고 달려왔던 것 같습니다. 무슨 거창한 목표가 있는 것도 아니었는데 말입니다. 경쟁에서 살아남아야 한다는 생각 때문인지, 무엇을 하지 않으면 불안하다는 생각 때문인지 모르겠습니다. 일과 치열한 경쟁의식에 중독되어 살아온 것입니다.

교수가 된 후 20대와 30대의 고민을 듣게 되었습니다. 이전에 제가 했던 고민과 똑같았습니다. 사실 제 젊은 날의 갈등과 방황이 창피하고 한심해서 밝히고 싶지 않았습니다. 그런데 학생들을 만나면서 제 경험이 쓸모가 있다는 것을 알게 되었습니다. 제 경험과 생각 그리고 마음을 공유한다는 것이 제가 만난 학생들에게 힘이 될 줄은 전혀 몰랐습니다.

어떤 고민은 그들의 고민이나 쉰이 넘은 제 고민이나 똑같았습니다. 제가 가끔 만나는 분들 중 예순이 넘은 어른들도 마찬가지라는 생각이 듭니다. 그러고 보면 삶에서 오는 고민은 대개 비슷한가봅니다.

고민 없는 삶은 없습니다. 고민을 최소화하고 행복을 찾아가는 여정이 인생이 아닌가 생각합니다. 이 세상에 왔다가 저세상으로 가는 것이 인생이라면, 진정 나를 한번 불살라보자고 학생들에게 말하고 싶었습니다. 불행하게 살다 가는 것이 너무나 억울하다는 생각이 들었기 때문입니다. 그 언젠가 인생의 무거운 짐을 내려놓게 되는 날 "정말 충실하게 삶을 고민하고 갈등하고 방황했지만, 그래도 최선을 다해 살면서 행복해지려고 노력하다가 저세상으로 갑니다" 하고 말할 수 있으면 좋겠습니다. 제가 생각하는 인생의 마지막을 잘 나타내줍니다. 제가 좋아하는 소설가 잭 런던의 "먼지가 되느니 차라리 재가 되리라"로 이 글을 마칩니다.

먼지가 되느니 차라리 재가 되리라.
내 생명의 불꽃이
푸석푸석하게 메말라 꺼지게 하느니
찬란한 빛으로 타오르게 하리라.

죽은 듯이 영구히 사는 행성이 되느니
내 모든 원자가 밝게 타오르는
화려한 유성이 되리라.

인간의 진정한 소임은
그저 존재하는 것이 아니라, 생존하는 것이다.

나는 단지 연명하기 위해
내 인생을 낭비하지 않으리라.
나는 내게 주어진 시간을
온전하고 충실하게 살아가리라.

방황도 힘이 된다

1판 1쇄 2014년 2월 13일
1판 2쇄 2014년 3월 17일

지은이 이상복 | 펴낸이 강병선
기획 김소영 형소진 | 책임편집 김소영 | 편집 유은하 | 독자모니터 김혜옥
일러스트 김선미 | 디자인 김선미
마케팅 정민호 이연실 정현민 지문희 김주원 | 온라인마케팅 김희숙 김상만 한수진 이천희
제작 강신은 김동욱 임현식 | 제작처 한영문화사

펴낸곳 (주)문학동네
출판등록 1993년 10월 22일 제406-2003-000045호
주소 413-120 경기도 파주시 회동길 216
전자우편 editor@munhak.com | 대표전화 031) 955-8888 | 팩스 031) 955-8855
문의전화 031) 955-1933(마케팅), 031) 955-8870(편집)
문학동네카페 http://cafe.naver.com/mhdn | 트위터 @munhakdongne

ISBN 978-89-546-2404-6 03810

* 이 도서의 국립중앙도서관 출판시도서목록(CIP)은 e-CIP홈페이지(http://www.nl.go.kr/ecip)와 국가자료공동목록시스템(http://www.nl.go.kr/kolisnet)에서 이용하실 수 있습니다.
(CIP제어번호: CIP2014003595)

www.munhak.com